I0777820

阳光挪移的声音
The Whispers of Sunshine

硅谷八人小说集

阿朵　丁子
李冬秀　木工　祁卫　晓霜
杨雪　雨侬

1 Plus Books

San Francisco, 2025

1 Plus Books
https://1plusbooks.com

书名/Title：阳光挪移的声音/The Whispers of Sunshine
策划人/Curator: 晓霜
作者/Author：阿朵、丁子、李冬秀、木工、祁卫、晓霜、杨雷、雨侬
（按署名字母顺序排列）

ISBN: 978-1-966814-09-2
Published and printed in the United States of America

出版人/Publisher: 刘雁/Yan Liu
封面设计/Cover design: 杨雷，Tody Wen
Published by 壹嘉出版® / 1 Plus Books ®
https://1plusbooks.com
San Francisco, 2025

让我们在这本书里遇见

目 录

序

2024年，对我们八个人是很特殊的一年。

其实，每一年都有其特殊意义，每一天都有其特殊意义，是白驹闪过的缝隙，是阳光挪移的声音，留下生命的痕迹。这些痕迹是如此的珍贵，回荡在记忆里，令人忍不住想要用某种方式去捕捉，比如说文字。

我们八位作者来自不同的专业领域：律师、工程师、科学家、企业家、艺术家、会计师，等等。尽管我们对文学都有兴趣，又刚好都在硅谷，但人海茫茫，如果没有2024年初的这个契机，也许我们当中的有些人永远不会有任何交集。

然而，偶然地，一堂课把我们八个人连在一起。晓霜得知位于美国东海岸的文友常少宏在疫情间三年修了二十多门美国大学的英文创意写作课，还写了一篇文章《写作是可以学习的》，便向少宏取经。在晓霜的真诚邀请和鼓励下，少宏决定尝试开小说写作课。课程以线上小班的形式举行，每周一次；还包括课前阅读、课堂练习、课后作业、点评同学作品等环节。晓霜热心组班，邀请文友参加。少宏任命她为班长。大家闻讯后毫不犹豫地踊跃报名，我们很快就开班上课。

尽管我们八个人基本上没有写小说的经验，但是对文字和写作都有不同程度的尝试和体会。然而，少宏老师的课完全颠覆了我们对小说的认知，不仅让我们学习到小说的基本元素，也令我们体会到小说写作不只是对个人经历的记述和演绎，它是作者的想象力和创造力构建的一个"世界"，是作者通过文字从深层次对生命和情感的进一步的触碰和挖掘。

第一期十周的课，从3月11日到5月13日，虽然同学们都很忙，有上班的，有旅行的，有生病的，但是没有一个人缺过课，大家都舍不得如此难得的学习机会。第一期课程结束后，老师和同学们都意犹未尽，商量着又开了第二期，原班人马，同一时间，从6月上到8月又上了十周的课程。

两期课，我们一边学习，一边字字句句地打磨，丝丝缕缕地互相成就我们的作品。在二十周的课程中，我们每人写了三四篇小说，从写实到进入创意写作的虚构世界。我们八位同学在一起，完成了生命中一个重要的突越。可以断言，如果没这个写作班，没有老师的鞭策和同学们的鼓励，大部分人是不可能完成我们的"第一部"小说作品的。

在这里我们每人选了一篇，合作出版这本集子，用以记录我们的学习收获和这段难忘的时光。每个人的作品和创作谈都是一场独特的文学之旅和精神之旅，交织起来，成为华丽的乐章！

是怎样的机缘让我们相遇、相识、相知？抑或，这只是一个偶然吗？还是我们血液中的中华文化的背景和对文学的热爱，让我们注定相逢?!

短短的时间内，我们的成长令我们自己惊讶。截至2024年年底，已经有三位同学的作品被《世界日报》录取刊发；四位同学的作品被选入海外华人短篇小说年选，即将出版。新手上路，前路尚远，但得到如此迅速的认可令人振奋。我们出版的这本小集子记录的不仅是结业的成果，更是我们共同的新故事的开篇。

2025年1月21日于硅谷

关于书名

小说集定稿完成后，大家围绕书名各抒己见。二月一日，最后一天我们相聚决定书名。每人提议了二三个书名，大家讨论，最终表决。

丁子的提名，得到了大家的一致认可。

"想到这个书名，是因为大家所写的题材涵盖了方方面面，说白了叫文学串烧。但书名应该含蓄些，有意境，有点文学性，像冬秀的文采，杨雷的诗，雨侬的意识流；带有晓霜和阿朵文字的真诚，也透着木工、祁卫和丁子的创作的执着追求，并有点题呼应全书的效果。那就用——《阳光挪移的声音》？"

"就是它了！" 大家一致欢呼！

这一句是李冬秀在《序》的开头写的，也记录了我们一年共同经历的美好，书名就这样定了下来。

2025年2月1日于硅谷

赵丽彦，笔名阿朵。毕业于北京邮电大学（工程学士）及 San Jose State University（计算机硕士），曾在美国政府机构任职工程师，现于斯坦福东亚图书馆工作。1997年移居美国，亲历中美文化与教育的差异，在养育四个儿子的过程中成长，并创办公众号《北美养娃那些事儿》。已出版两本专著《北美养娃那些事儿——教育篇》和《北美养娃那些事儿——生活篇》。

文章多次发表于《世界日报》《星岛日报》《菁 Kids》等媒体，作品收录于清华大学出版社《教育，还可以……》《生活，还可以……》、长江文艺出版社《成长源动力：哈佛学子与父母的隔空对话》等多部文集。

《枫香硅谷剧社》社长，制作话剧《飞虎恋》《哥大的椅子》。

海伦的爆米花

阿朵

一

　　海伦拖着沉重的步子走出会议室，脑海里思绪纷乱，仿佛无数虫子在爬行。人事部经理的话如锤子一般重重敲击着她的心："因业务调整和经济形势变化，公司要缩减。你们部门要裁员一名，请在两天之后把评估方案交给我。"

　　海伦透过走廊的落地窗望向旧金山，往日的雄伟和壮观被灰蒙蒙的雾气淹没。她所在的美国电子云峰公司在疫情前鼎盛时，软件测试部门有数十名员工。可这个狡猾的新冠病毒，把生机勃勃的公司打得像秋后的萝卜——蔫了。裁员潮如同一把无情的镰刀，一茬又一茬地把员工从岗位上割掉，这是第三次了。

　　回到办公室，海伦把头靠在椅背上，双眼紧闭，两手交叉，试图冷静下来。一个员工是否被裁，部门经理的意见至关重要，这份评估报告该怎么写呢？

　　"放心，这次我绝不会再错过任何漏洞。"隔壁李响急促地对着电话里的项目组长保证。四年前刚搬到湾区的她，总戴着微微上挑的金丝眼镜，每周五天换着不同款式的衣服，刘海总是拢向右边，同事们戏称她为"Mrs. Right"。不久前，她漏测了一个软件漏洞，给公司带来了不小的损失。

"旧金山湾区的生活质量太差了，我们在东部的房子有四千多平方英尺，还有地下室。可在这儿，同样的价钱只能买个卫生间。"李响常把这话挂在嘴边。

"叮咚！"一封邮件弹出，仿佛带着一股咖喱味。海伦点开米拉的自我总结，密密麻麻的一整页，每个动词都像撑开皮囊的花生。她不禁想到李响的总结，连半页都不到，克制得就像从未绽放的花蕾。"海伦，收到我刚发的邮件了吗？"米拉隔着座位伸长脖子问，头习惯性地地左右晃动，像个拨浪鼓。她是几年前通过相亲从印度嫁过来的，在家待了几年后，通过公司的印度裔技术总监找到这份工作。

海伦端着茶杯走向休息区，想倒杯咖啡，理一理纷乱的思绪。

"这是你需要的资料，海伦。"沙迦迎面递给海伦一份文件，他雪白的牙齿与黝黑的皮肤形成鲜明的对比。几年前与妻子离婚后，沙迦在疫情期间接受了早期肠癌手术，现在康复得不错。作为公司多元化政策的受益者，沙迦工作时虽然认真，但总是迟到早退。

海伦的脑海中不断回旋着这三个人的名字，心中充满了纠结。

手机突然震动了一下，海伦瞥了一眼微信群，看到一则消息："大东北同盟会庆祝成立15周年聚会，现场不仅有家乡美食，还有爆米花供孩子们享用。父老乡亲们，明天不见不散！"

"爆米花！"这三个字从遥远的岁月滚滚而来，重重地撞击着海伦的心窝，敲开了她封闭已久的记忆。那一粒粒黄澄澄的爆米花从心底跳出，将她瞬间拉回到四十多年前。

二

上世纪八十年代初，每到傍晚，"崩爆米花了！"的吆喝声总伴随着家家户户烟囱里冒出的缕缕炊烟，回荡在北方一个偏远小镇的大街小巷。吆喝声中走来一位身穿深蓝色上衣的中年男子，他推着一辆木制三轮车，车上堆放着圆滚滚的铁炉和支架，支架下挂着风匣和煤球，车上还坐着一个五六岁的小女孩。男子坚毅的脸上透着深沉的褐色，仿佛是大地的延伸。

"我要崩爆米花！"嬉笑的孩子们一边递上盛着玉米的碗碟，一边递上钢镚。男子蹲下身来，搭起铁炉，划火柴点燃炉子，然后把玉米倒进铁炉里。小女孩则忙着拉动风匣，不停地往炉子里添加煤球，把火烧得旺旺的。随着炉内压力不断升高，"砰"的一声爆炸，男子打开炉盖，金灿灿的爆米花一个个跳跃而出。

孩子们欢快地捧着爆米花跑回家，男人和小女孩的脸上、脖子上和手上留下了一道道炭黑的痕迹。男子从裤兜里掏出皱巴巴的手帕，小心翼翼地将钢镚包起来，满是炭迹的脸在余晖中绽放出笑容。

那时的海伦叫周荷。父亲带着小妹挨家挨户地崩爆米花，为的是攒够周荷去北京上大学的路费。

高考后，当周荷高兴地举着"北京电子工程学院"的录取通知书跑回家时，泪水从父亲脸上深深的皱纹中缓缓流出，就像井水渗过田垄。"你可是咱家的第一个大学生啊！"

从家乡到北京，中途需倒两次车，坐三十八个小时的火车。路费和学费加起来要一百多元，以种菜为生的周荷家里每个月的收入只有三十二元，这一大笔开销如同一座大山压在周荷父母身上。"人不能被尿憋死。我收工后去崩爆米花吧，能挣几个是几个。"周荷的父亲买了一个黑乎乎的圆铁炉，动手做了一个三轮车，下班后就开始吆喝着"崩爆米花了"走街串巷。家里的孩子谁有空谁就当帮手。

天黑得几乎看不见人影时，母亲会顺着吆喝声迎接父亲。进门后，她先把洗脸水倒好，然后递给父亲那条仅有的毛巾。"看你那脸黑得像煤球了。"父亲笑着接过毛巾洗脸。周荷带着弟妹们聚到炕上，将从父亲裤兜里掏出的手帕解开，把那些叮当响的钢镚和皱巴巴的纸币摊开：一毛、两毛、一块……每一分钱都带着爆米花的香甜气息，在屋子里弥漫。

周荷的父亲在运动中受到冲击后，丢了教师的工作，转而带领全家在郊区种菜。每天凌晨，周荷总能听到窸窣的穿衣声和轻轻的关门声。那是母亲顶着寒冷，拉着粪车挨家挨户掏粪去了。装满大半车后，母亲把粪倒进粪坑，带着一身寒气和臭气回到家，把粪车停在院子里，就开始了一天的忙碌。

周荷天生嗅觉灵敏，每次路过粪车时，那股呛鼻的臭味总是无孔不入，瞬间冲进她的鼻孔，占领大脑。她眉头紧皱，捏紧鼻子说："妈呀，这臭味熏得我脑瓜子都要炸了！"

"嫌臭？不想将来也掏粪，那就好好用功吧。现在高考恢复了，就凭自己的本事了。"每次看到周荷捏鼻子，父亲就会这样说。

看到高挑白净的母亲，衣服上沾着臭味，有时还有黏糊糊的屎块，周荷从心底不愿意过这样的日子。她在方格本上画了一辆火车贴在墙上，旁边加了一行小字：轰隆隆的火车奔向远方。从此她白天黑夜地挤时间读书。

"姐，你晚上睡觉咋不脱衣服啊？"

"小妹，我这样一早醒来在被窝里就能读书，能省老鼻子时间了。"她几乎把课本和复习资料都翻烂了，还给自己立了一个目标，成绩不排年级前三，就两顿不吃饭。有一次她英文考试成绩排第五，她真的两顿没进食，饿得两眼冒金星。母亲心疼地说，这孩子，怎么学得魔怔了？

高考那天，早餐时父亲像变戏法似地端出了只有过年才能吃到的豆浆油条，笑着对周荷说："这些都是你的，谁也不能吃！"

周荷有些惊慌："花这么多钱，要是我考不上怎么办啊？"

最终周荷考了435分，比本科录取线高出一百多分。

"报考北京的学校吧。"老师和父亲都怂恿她。

"进京？我？"周荷想到自己画的那幅画，火车能载她到首都？太不可思议了。

她收到了"北京电子工程学院"的录取通知书。消息传开后，街坊邻居纷纷来祝贺。一位八十多岁的老爷爷颤巍巍地来到她家，从兜里掏出一张斑驳的五元钱递给周荷的父亲："你们周家的祖坟选得好啊，祖先保佑子孙了！"

父亲笑了，脸上的皱纹像盛开的花朵舒展开来。他亲手制作了一个木箱，里面塞满了行囊。离开家乡的前一晚，全家人聚在一起吃饭，父亲满脸期望地说："北京是多少人羡慕的地儿啊，我们一辈子都没去过。你可要争气啊。"十六岁的周荷眼圈红了，给父母鞠了躬："爹，妈，我保证。"

火车在鸣笛中启动，看到父母和弟妹们的身影越来越小，离别的惆怅压过了她对未来的期待。她打开书包，看到两大包黄灿灿的爆米花，眼泪一下子流了下来。

三

穿过大厅里"大东北同盟会成立15周年"的横幅，海伦走进东北大饭店，一股香气扑鼻而来。新鲜出锅的地三鲜色泽鲜艳；小鸡炖蘑菇鲜嫩入味；东北大拉皮爽滑滋润。菜肴的气味混合在一起，沁入每一个味蕾，无形中将人们紧紧联系在一起。

"周荷，过来坐，这桌有位子！"一个老乡向海伦招手：

海伦走过去，发现下属李响也在这桌。李响惊讶地问："海伦，原来你的中文名字叫周荷？"

海伦莞尔一笑："是呀。我在美国工作的第一个老板发不出'荷'的拼音，就叫我'He'。叫完后，他瞪大眼睛问我，'你是女生啊，怎么叫He？'于是他建议我在He后面加三个字母'len'，于是我就有了英文名字：Helen - 海伦。"

"这样啊，有意思。"李响画着淡淡的妆容，可掩盖不了疲惫的神情。

"昨晚没睡好？"

"别提了，咳。"

"怎么了？"

"老公被裁员了。家里的车贷房贷都落到我肩上了。"李响叹了一口气。

海伦心里一颤。这年头，裁员潮一浪又一浪，被波及的都很惨。她想起不久前硅谷发生的一件血案：一个中年华裔被裁员，太太又不工作，看着上百万的贷款没有着落，他失去了理智，揣着手枪来到公司，干掉了自己的印度上司和白人主管，把自己也送进了监狱。这新闻在硅谷轰动一时，人人唏嘘。

　　海伦伸出双手抱了抱李响，"别担心"不由自主地滑出了口，让她自己也吓了一跳。

　　"我家里还有两个上学的孩子呢，压力山大啊。还是你好，孩子都那么优秀。上普林斯顿的老三该毕业了吧？在哪儿工作？"李响很有分寸地恭维着海伦。

　　"咳，现在的孩子选择太多，反而不知道该干什么了。人家说毕业后要间隔一年，先找找方向。"

　　"间隔一年？那她要干什么？"

　　"谁知道呢！她是生在福中不知福啊，哪像我们那会儿，毕业国家统一分配，个人根本没有选择的权利。"海伦抿了一口茶水，淡淡的苦味沁入心田，她想起了自己的大学毕业分配。

　　周荷在大学经历了从丑小鸭到白天鹅的蜕变。她从最初的懵懂和自卑，通过四年的熏陶和磨炼，变得开朗自信。北京的雄伟和辽阔深深地融入了她的血液，她爱上了这座城市，渴望留下来。然而，当大学毕业分配方案公布时，周荷失落地趴在桌子上哭了。全班56名同学中有25名北京本地的同学，可只有24个留京名额，外地同学一个也留不下，全都要被分配到全国各地。留京的希望破灭了。周荷退一步想，家乡省城的微波通讯公司也不错。

　　在去省局报道之前，周荷在宾馆的镜子前仔细打量自己。胸前"北京电子工程学院"的校徽闪闪发光，一双清澈明亮的眼睛嵌在红润的脸颊上，柔软的长发扎成马尾在脑后甩来甩去，透着清纯和活力。

两座巨大的石狮子稳稳地镇守在省管局厚重褐色的大门两侧，宛如庄严的屏障，展示着权威。虽然周荷在北京待了四年，但这是第一次来省管局。她不由得放慢了脚步，深吸一口气，给自己一点时间适应。

穿过石门进入大厅，庄严肃穆的气息扑面而来。大厅高大空旷，顶部的吊灯投射出冷冽的光芒，照亮了墙上的历史浮雕，每一个雕塑似乎都在述说着荣耀与沉淀，让周荷感到自己的微不足道。她踏在厚厚的地毯上，在模糊的图案中留下了看不见的足迹。站在大厅中央，望着那条看不到尽头的走廊，两侧办公室门上挂着"政治部""干部处""微波通讯科"等牌子，周荷感到一股不可触及的气氛。

会议室长方形的红木桌子横在房间中央，划分出主客两个区域。"这是干部处李处长。"干事介绍道。

周荷抬眼望去，看到一个中年男人身穿灰色衬衫，方形脸上架着一副黑边眼镜，眼神中透着权威。他的左眉上方有一颗显眼的黑痣，像一头黑鹰栖息在桥头。

"欢迎北京回来的大学生建设自己的家乡！你先回家休息，一个月后再来报道。"李处长说道。

"到哪里报道？"周荷抬头问到。

"你们都归干部处管，回到这里报道。放心吧，北京分回来的学生，我们一定会好好研究你们的分配方案，让你们学有所用。"
李处长说话时眼角的黑痣颤了一下，好像黑鹰抖了下尾巴。

周荷第一次和李处长打交道，感到自己只有仰望的份。她回家过了一个轻松的暑假。一个月后，再次来到省局。李处长瞄了她一眼，从抽屉里拿出一个黄皮信封，语气中带着一丝居高临下：

"我们研究了你的分配方案。微波通讯公司今年的名额已经用完。考虑到基层更需要人才，省局决定将你分配回家乡江北，由他们对你再次分配。"

周荷顿时感到如同被电击一般，脑袋嗡嗡作响："可是，我在北京时的分配单位是省微波通讯公司，那是我的专业啊！"

李处长将烟头在蓝青色的烟灰缸按灭：

"北京的只是初步方案，回到省里就要服从省里的安排。"

"我……"

"你们都是国家培养出来的大学生，应该有觉悟，无条件地服从组织分配。"

"李处长……"

"我马上要去开会了，有事找干事吧。"

说完，他拎起黑色公文包，头也不回地走了。

看着李处长的背影渐渐消失在长廊尽头，一股凄凉瞬间包裹了周荷全身。她觉得自己像一个被随意踢出的皮球，在长廊里孤零零地滚动着，去向何方，无人关心。胸腔里的悲痛像翻滚的巨浪，一波接一波地冲击着她。环顾这座迷宫一样的陌生大楼，周荷无助地蹲在会议室门外，双手捂脸，欲哭无泪。

"爹地，我要吃爆米花。"海伦的思绪被一个清脆的声音拉回到聚会现场。饭桌上一个五六岁的女孩，正张着小手，朝她满眼慈爱的父亲喊着。

"宝贝儿，在这儿。"海伦把桌上的爆米花推给那对父女。恍惚中，她似乎听到了四十多年前父亲和小妹在大街小巷"崩爆米花了"的吆喝声。小女孩高兴地伸手抓爆米花，一不小心将桌上的水杯打翻了，水洒了一地。李响赶紧弯腰，把地上的包拿起放到椅子后背上。低头时，她平时拢向右边的刘海儿突然垂直下散，右眼角露出了一颗黑痣。海伦心中一颤，咦，怎么这么熟悉？

四

那年的冬天格外寒冷。厚重的乌云笼罩了整个地平线，令人窒息。突然间，天空裂开了一个大口子，雪花纷纷飘落，如同失重的孩子茫然地扑向大地。远处的山峦在风雪中变得一片苍白。雪花像厚厚的棉被，重重地压在树枝上，枝条发出嘎吱嘎吱的声音。

周荷走在去江北局报道的路上，被扑面而来的漫天飘雪追赶，无处躲藏。与省局黑痣处长耗了四个月，最后胳膊拧不过大腿，败下阵来。四年前，她从一个边疆偏远的小镇考到北京，以为自己跳出了龙门，赢得了世界。可四年后，她突然发现自己不过是乘坐飞船环游月球一圈，然后被重重地抛回了地面。

"这不明摆着就是被人顶替了吗？太欺负人了。"

"这档案户口一回去，可就是一辈子的事了。"

"不能就这样服从分配，要找人活动一下。"

周围人气不过，七嘴八舌。

"我通过大姑姐丈夫的朋友，找到了省局保卫处的一位副处长，看看能否帮上忙。"一远房亲属义无反顾地伸出援手，让周荷看到了一丝希望，但这需要钱啊。想到大学毕业后还要父母破费，周荷羞愧得恨不得扇自己一耳光。父亲坐在炕上，双手交叉，眉头紧锁地思考了一会儿："爹来想办法。"他卖掉了冬天干活时唯一的保暖羊皮袄，买了几盒珍贵的长白山人参，答谢人情。

礼物送出后，关系人给周荷上了社会大学的第一课："你真就安心回家过暑假了？太天真了！这一个月可是找关系、托门道的黄金期啊。有本事不如有关系，你那名额让省技校毕业的李处长的关系给顶了。现在方案都定了，想改可不好整啊。"不过，关系人表示已经和李处长搭上了话，李处长答应考虑一下，但需要等。

为了减轻家里的负担，周荷带着小妹上山采松茸准备礼品。她们在松林深处寻找土质湿润、松针覆盖的地方，当发现形状饱满的松茸时，便用小刀轻轻割断松茸与土壤的连接，将松茸小心地放入筐中。下山途中，小妹不小心滚下了山坡，左腿鲜血直流，周荷看了心如刀割。

土特产松茸送出后，李处长的态度仍然模棱两可，表示要研究研究。时间在等待中变得缓慢而沉重，每一秒钟都像是被拉长了一倍。那边不是说处长出差了，就是还没定。周荷感觉自己被困在一种无法摆脱的煎熬中，在焦虑、无奈、愧疚中度过了三个月。她不想再等了，直接拨打了省局干部处的电话。电话那头传来高傲而敷衍的声音："这事要请示上级。"

"又是上级！"周荷脸色发青，拽着电话线，犹如看到一个无底的黑洞，往里扔多少礼物都不会有回应。泪水不争气地涌出，抽泣后，她突然涌上了勇气，对着话筒爆了人生第一次粗口："你们这些官老爷，都是混蛋！"她将电话重重地摔在桌面上，仿佛砸向电话另一端的黑痣。

黑痣，李响，不会吧？海伦的思绪穿越着。

"各位乡亲，我们大东北同盟会一直秉持团结互助的宗旨……"会长开始讲话。

"动筷子啊！"带着乡音的招呼声把气氛推向高潮。热气腾腾的锅包肉上来了，外酥里嫩，让人垂涎欲滴。突然，隔壁都是老人坐的那桌有些骚动，一位老人捂着胸口，脸色泛青，咳嗽不止。李响猛地站起身飞奔过去："爸，你怎么了？"她焦急地拍着老人的背。

海伦也跟了过去，递给老人一杯水。猛然间，她注意到老人稀疏的头发倒向左侧，引向左眼上方那熟悉的黑痣。啊！那黑痣好像突然间砸裂成无数碎片扑向海伦，那曾经的伤痛又一次被掀开。

江北局接待了前来报道的周荷："我们接到省局的电话了，李处长对你不痛快地服从组织分配，拖了四个月才来报道很不满意。可我们这边也没有与你专业对口的单位，不知道如何分配你。不过，到技工学校当个老师总可以吧。"

好一个基层更需要人才！一个滚动的皮球，终于停了下来。

周荷被领上一辆吉普车。车在刺骨的寒风中颠簸了二十几分钟，驶入了荒凉的郊区地带。崎岖不平的道路让她前后摇晃，然而她的内心却如死海般平静，毫无波澜。曾经对生活的热情已被残酷的现实浇灭，化作冰冷的冰柱。

当技工学校的校长见到周荷时，一脸惊讶："你这个北京名牌大学的毕业生怎么分到我们这嘎达来了？省局这不是扯犊子吗？白瞎了！"

"白瞎了"这几个字像万箭穿心，积压了四个月的委屈瞬间爆发。周荷蹲在校长办公室的水泥地上，放声大哭。你们随意扯犊子，扯的可是我一生的命运啊！想到四年前对父母的保证，她不仅没能给家人蹚出一条路，自己也被打回原点。周荷恨透了那个黑痣处长。

"呃，锅包肉吃得有点急，呛着了。"老人喝过水后，慢慢恢复了过来，他伸出满是老人斑的手，擦了擦嘴角的油腻。

李响松了一口气，连忙拉着海伦给父亲介绍："爸，这是我的主管海伦，是咱们老乡。"

"老乡啊？在美国同一单位有老乡互相帮衬着，真是太好了。"老人抬头看了一眼海伦，突然怔了一下，但马上笑容满面，脸上的皱纹亲密地挤在了一起，没留下任何缝隙。他试图站起身和海伦握手，海伦连忙摆手："您坐，您坐。"看着眼前这个老家伙，她内心的波涛一浪高过一浪。黑痣处长，当初飞扬跋扈的你，是否想过，你女儿今天在我手里？海伦翻腾的心里突然掠过一丝快感。她转身离开了酒店和那热闹的人群。

<h1 style="text-align:center">五</h1>

第二天一早，海伦走进办公室，经过了一夜的翻江倒海，心里的腹稿已经打好。裁员的风声已传开，每个人都拎着脚底板轻轻地走进办公室，脸上却带了凝重。

"早上好！"李响满面笑容，手里拎着一个精致的礼袋，走进海伦的办公室。

"我爸让我带点家乡特产长白山人参给你。这是今年的新产品，不要放陈了啊。"

长白山人参？海伦心头一震，想当初……多滑稽。

"对不起，这东西太贵重了，我不能收。谢谢你爸的好意。"

海伦低头擦着桌子，头都没抬，就把礼品袋推回。

李响顿时语塞："海伦，我……希望你能手下留情。"

"每个人都有可能被裁，包括我。"海伦面无表情，目光飘向窗外。

"咳，万一……那我们只好打铺盖卷回东部去了，好在美国没有户口制度。"

可四十年前中国有啊，海伦心里哼了一声。

八十年代的中国，户口与工作紧密挂钩，没有户口，寸步难行。周荷被分配到这个偏僻得一天只有一趟公交的技工学校教数学，教职员工只有她一人住单身宿舍，日子单调而乏味。学生们白天打瞌睡，晚上谈恋爱，青春随意挥霍。想到这里的技工生顶替了她的毕业分配名额，周荷心中充满深深的挫败感。她常梦见自己被困在一个深邃、黑暗而扑朔迷离的山洞里，山洞幽长无尽，找不到出口，压抑得几乎窒息。惊醒后，她吓得不敢再睡，害怕重回梦境。

周荷在消沉中挣扎。一天她收到一封信，白纸上只有两行字："天无绝人之路，爹信你。有时间回家来，爹给你崩爆米花吃。"她泪流满面，她似乎看到了干瘪的玉米在高压中膨胀、撕裂、淬炼，最终绽放成黄灿灿的爆米花。这让她重拾韧劲，开始准备考企业管理研究生。"第二次高考"才是出路，不蒸馒头争口气。

备考的日子，她一分一秒都不敢浪费。书上不明白的内容，她撕下那页贴在墙上，逐行啃读。宿舍里贴满了各种画着圈圈的纸：企业管理动态、杜邦管理核心原则、领导职能……她像抓虫子一样，一行行地抓住定义，咀嚼消化。

考试那天，父亲一早赶到考场，手捧一包爆米花，远远地向周荷招手。清香的气息在空气中弥散，直击周荷的内心。

一个半月后，收发室的大爷喊道："周荷，北京来信了！" 周荷心一下就提到嗓子眼，忐忑不安地撕开北京电子工程学院的信封："总分：498分，平均成绩：83。未进入复试线。但今年学校新开设了管理研究生班，招生10人，发硕士毕业证，不授硕士学位。是否愿意接受调剂？速回复。"

"愿意！"周荷一下子跳了起来，不发硕士学位证又如何？只要能回北京。她握着信的手不停地颤抖，命运在瞬间又翻转了？她使劲地掐自己的大腿，怀疑是在梦中。

学校为周荷举行了温馨的欢送会。据说省局黑痣处长曾电话质问校长："你们怎能轻易同意她考研？把储备人才放走了？" 校长笑着回应："这时看出她是人才了？" 官和官还真是不一样啊，周荷心里一阵暖流涌上来。

六年过去了，周荷又考回了北京。临走前，父亲仰脖儿一口干了周荷敬的酒："爹虽然没权没势帮不上你啥忙，但你记住了，咱无论走到哪儿，都别做亏心事，要踏实做人。"周荷瞬间泪眼模糊。踏实做人，这成了她今后生活的准则。

海伦打开电脑，开始写评估报告。能写的都是台面上的，不能写的在脑海里翻腾：沙迦，癌症术后需定期检查，失去工作就意味着失去医疗保险，人命关天；米拉，总是说得比做得多，但有印度技术总监罩着，裁她就是给自己挖坑；李响，这次是你运气不好，撞枪口上了。但你不能怨我，你爸当初下手可比我狠多了。

研究生毕业典礼上，周荷兴奋地将毕业帽抛向空中。终于分到北京了，不再做噩梦了。她给父亲挂了长途电话："爹，我分到北京电子部科技处了，我要带你们游长城、北海、天安门！"

几年后，周荷负责全国科技项目的审批，掌握着行业工程的"生杀大权"。她最讨厌各地送礼走关系，一律将所有礼品退回，因此得了个"铁面周"的绰号。

一天，父亲打来电话："我看新闻了，那些有权的，收了贿赂，最后都栽了，进了局子里。你可得守住自己啊。"

有一年，家乡省局的枢纽方案需要电子部实地考察。周荷本能地想回避，但一同事出发前突然生病，她只好前往。

大学毕业十几年后，周荷再次回到省局，心中感慨万千。那对石狮子依旧守护在大门口，漫不经心地注视着来往的人群，仿佛过去的喜怒哀乐从未发生过。

三位局领导满脸堆笑，在大厅门口恭敬地与部里的人握手寒暄。周荷一眼就注意到其中一位领导左眼上的黑痣。握手时，她按捺住内心的波澜，低声说道："李局长，谢不留之恩。"

对方听了一愣，左眼上方那颗黑痣不由地颤动了一下，笑容僵了一瞬，但很快恢复，紧握周荷的手说："欢迎周领导来家乡指导工作！"

走进会议室，周荷依稀看见当年那个扎着马尾的小女生，蹲在门口欲哭无泪。她恍惚地听着省里的汇报，突然感到一阵恶心涌上心头，跑到卫生间呕吐了十分钟。回到会议室时，黑痣局长笑容满面地说："我们今晚在莫斯科餐厅准备了晚宴，给各位领导接风。"周荷表示身体突然不适，需要休息，经过几番推辞才婉拒了宴请。

第二天回到部里，周荷抽出那一千五百万的项目申请报告，看到其中三十八万的公关经费，她从笔筒里抽出一只钢笔，毫不犹豫地大笔一挥："公关经费，可砍！"

三个月后，部里政治处找周荷谈话："我们接到省里的申诉材料，说你公报私仇，不扶持边疆科研项目。"

周荷懵了："不扶持边疆科研项目？省下的三十八万能买多少设备？"结果，她因此被调离了心爱的岗位。耻辱感在她心中重重地抹下了一笔，她默默地对父亲说："爹，对不起，我栽了。但不是那种栽。"

一天，郁闷的周荷看到新东方的托福广告，心中的韧劲再次被激发。没拿到研究生学位证的遗憾促使她决心再搏一搏。几个月的培训、考试、申请后，她收到了旧金山州大的录取通知书，踏上了美国求学之路。

六

海伦把评估报告修改了几次，尽管语句逐渐流畅，但心里始终疙疙瘩瘩地，很不舒坦。她转头看到窗外自己模糊的面孔，玻璃上的一个黑点正好落在她的左眼上角——黑痣脸？她心里一惊，连忙移动椅子，避开了那个黑点。她可不想变成自己心里讨厌的那个样子。但随着岁月的沉淀，她不得不承认，黑痣处长其实是她生命中的"贵人"。没有他，哪有她的今天？

"叮咚"，海伦的手机响起，是小妹发来的视频微信。小妹中专毕业后留在老家工作，方便照顾父母。海伦点开视频，看到小妹面带忧伤："姐，咱爹老年痴呆越来越严重了。清醒时他说享到福了，你给他们买的楼房，有暖气，还能在家里洗热水澡。糊涂时却说他在旧金山街上崩爆米花，五分钱一碗，要给你送去……"

海伦瞥见父亲蜷缩在床头，眼神呆滞。她心中一颤，喊了一声："爹！"父亲抬起头，茫然地问："你是谁？"

海伦的眼泪夺眶而出。爹，我心中的定海神针啊，要倒下了吗？在疫情期间，母亲去世，她只能隔着屏幕痛哭。现在，父亲也不再认得她了。多年来，她拼搏奋斗的目标是为父母争光。然而，如今争光又有何意义？没人再为她鼓掌了。

她从四十八层的办公室俯瞰灯火通明的旧金山，远处地平线与天空相接，无尽延伸。然而，她的内心却失重了，找不到着陆点。突然一颗流星划过天际，亮光在空中画出优美的弧线，将天地连接。她仿佛看见了弧线的另一端，父亲蹲在地上，把铁锅点燃，然后用有力的手臂拉动风匣。砰的一声，一串黄灿灿的爆米花腾空而起，裹着那颗黑痣，形成一股强劲的风力，顺着弧度，把她一步步推到现在的高度。

可再高，能通天吗？报复，内心平安吗？再奋斗几年，还能见到父亲吗？海伦望向浩瀚无穷的天空，好像看到那傲立的定海神针，正在颤巍中砸向她的胸口。一股气流穿过胸腔，瞬间将心头的迷雾驱散，找到着陆点了。

海伦重新写了员工评估报告，同时提交了辞职信。她给李响留了一个纸条："你父亲的人参我收下了，替我谢谢他。"

一周之后，海伦踏上了回国的飞机。爹，等着我，我要吃爆米花。

《海伦的爆米花》创作谈

在2024年以前，我很少读小说，偶尔翻阅时，也多是因为故事有趣就继续看下去，觉得无聊便随手搁置。相比之下，我更偏爱纪实作品和散文。小说在我眼中似乎只是"编故事"，让我常常疑惑：这有什么实际意义呢？

2024年初，晓霜组织了一期少宏的小说写作班。我出于好奇，想了解小说是如何创作的，于是加入了，从未想过自己写小说。上了两堂课后，老师要求我们交一篇作品。我当时完全没有准备，只能把一篇纪实散文《毕业分配》改了又改交了上去。

老师和同学的点评让我深刻认识到自己的差距：小说应该呈现生活中的一个截面，故事发生在两三天之内。而我的《毕业分配》跨度从20岁写到了50多岁，根本是一篇纪实散文，完全不符合小说的定义。小说需要虚构和创造性，而不仅仅是记录真实经历。

坦白说，那一刻我感到沮丧，甚至为自己下了定论：大半辈子过去了，我只会写纪实和散文；没有亲身经历的事，我写不出来；虚构是我无法触及的领域，小说不适合我。

然而，随着课程的深入，我逐渐掌握了一些小说创作的基本元素。老师和同学们的鼓励也给了我尝试的动力。当再次需要交作业时，我却苦于不知该如何下笔。作业截止的那个下午，我逼着自己进了图书馆，对自己说："试试看，按照老师教的方法尝试写一篇小说。"

想到小说需要围绕两三天内的事件展开，我决定将故事背景设定在海外，就有了开头：旧金山某办公楼里的海伦。写作之初，我几乎是逼着自己去编，许多情节在提笔前都不清晰，只能随着文字的推进逐步构建。

比如冲突：海伦的同事中有非裔、印裔和华裔，这符合湾区公司的结构；裁员的主题契合当下的社会形势。为了让故事和《毕业分配》产生关联，我设计了一个桥梁角色："毕业分配"关键人物处长的女儿。接下来，海伦与这位女儿之间的关系是什么？这些问题没有现成答案，我只能一边写一边探索。渐渐地，我发现写作并不一定需要事先设计好所有情节，只要开始动笔，故事就会在过程中自然而然地流淌出来。

于是，我将《毕业分配》的故事嵌入了海伦裁不裁员处长女儿的决策过程中。小说的主要情节集中在两三天内，但回忆的部分贯穿了海伦从20多岁到50多岁的生命轨迹。

在写作过程中，少宏老师的课程给了我"入门砖"。如果没有这门课，我可能根本不会尝试写小说；即使写了，也一定写得不像小说。

写作课上，同学们的互相点评、讨论和建议是一个非常有效的学习方式。比如结尾部分，裁员的结果该如何处理？要不要让海伦进行报复？这些问题困扰了我很久。在课堂上，大家脑洞大开，提出了许多有趣独到的建议。结合这些意见，我修改了结尾，让海伦跳出困局，重拾初心与亲情，做出了更为温暖的选择。

给小说取名也是一件费脑筋的事。我把小说寄给国内作家尉然老师征求意见，尉然老师看后，建议用《海伦的爆米花》作为标题。他认为这个名字结合了"洋"和"土"的元素：爆米花朴实无华，但经历过高压和历练；而"海伦"则是一个洋气的名字。这种对比让标题显得别具一格。我非常喜欢这个建议，于是采纳了。

《海伦的爆米花》是我的第一篇小说。这篇作品经历了十多次修改，从最初的《毕业分配》发展到现在的模样。投稿《世界日报》后，很快便被采纳发表。这一路充满挑战，也让我收获了无限的喜悦。

感谢少宏老师以及写作班的同学们对我的鼓励与支持！

丁子，北京人。物理专业出身。曾就读于清华大学、康奈尔大学。有幸在位于加州硅谷的SLAC加速器国家实验室做高能物理研究，后在一家半导体晶片检测设备公司做技术高管。现就职于斯坦福大学。家居加州旧金山湾区，是文学和历史爱好者，喜欢旅游、艺术和时装。对颜色敏感，酷爱看电影。写有游记、影评、诗和散文。

汉斯和曼迪

丁子

一

太阳还没露出地面，一只鹰在屋顶上盘旋，嘶鸣："二哥，二哥。"窗外是一片褐橘色。我被这嘶鸣声惊醒，一骨碌爬起来，一遍遍地拨打汉斯·冯·吉尔克的电话，忙音、忙音、还是忙音。我急忙跳进汽车，直奔他租住的公寓。

汉斯是我康奈尔大学研究生时的同屋。他是个博士论文延迟症患者。要去参加舞会，他这个舞场白马王子，随叫随到。在我们的住处，被他吸引而来的女生像走马灯似的，没有一个长久。可只要一提起博士论文，定题目，撰写大纲，他就睡眼蒙胧。他的博士论文一拖再拖。导师最后通知他终止博士学位，以硕士结业时，面对如此严重的决定，他一副不争辩的样子。硕士毕业后，他先在波士顿一家投资公司、后来旧金山湾区工作，像是效仿他祖辈来探索西部似的，两年后就又搬回波士顿。汉斯是我们这群人里唯一的非码农，也是结婚最晚的一个。他与其妻子，曼迪·洛佩斯相遇、闪婚的故事可谓是一个传奇。

　　"曼迪救过我的命！"汉斯曾经这样告诉我。一个星期五，他下班没吃东西，就跑去参加伯克利大学的舞会。在舞场上，他像以前一样不停歇地请不同女生跳舞。已有些力不从心，正打算歇一歇的他，看到一个穿着灰旧无袖裙的女孩，孤独地站在旁边，她叫曼迪。恻隐之心让他主动邀请她共舞。几圈之后，饥肠辘辘的他，感觉双腿沉甸甸的，一个圈转得急了些，他失去平衡，晕倒在地。

　　等他苏醒过来，发现他脖上的金属圆牌项链坠在一侧，头枕在曼迪的臂弯里。她手里握着葡萄糖胶囊，正关切地看着他。曼迪笑了，像一朵鲜花开在他心里。汉斯摸摸嘴唇，抹掉黏黏的葡萄糖残物。救护车到了，医护人员坚持把他放上担架，送往医院做检查。曼迪毫不犹豫地随着钻进救护车，她把手里剩下的胶囊放回汉斯的衣兜里，拍拍，汉斯会意地眨了眨眼睛。

　　曼迪亲眼见过母亲处理相同的事，所以她一看到汉斯脖子上的圆牌项链，第一时间就在他衣服口袋里搜出葡萄糖胶囊。汉斯总是把它们备在身上。

　　等他们从医院做完检查出来，已是明月当空，夜半时分。汉斯站在曼迪面前，双眼痴痴地看着她，那目光挽留住了她，他们一起回到汉斯住处，两人亲密无间到天明。

　　听过他们相识的故事后，我就一直想见一见这个让汉斯如此倾心的女子。想来，我认识汉斯十七年了，但我只见过曼迪三次。

第一次见到曼迪，是我女儿出生，我研究生时的同学们前来祝贺的时候。汉斯带来了新任女友，曼迪，加州伯克利分校的大学生，正是他两个月前在舞会上遇见的那一位。

曼迪有着一头乌黑的长发，散发出自然的光泽，一双杏仁状的眼眸，带着浓浓的墨西哥风情，小麦色肌肤，充满了南美的阳光气息，身着低胸红T恤衫，牛仔裤绷得紧紧的，凸显出颀长结实的腿部线条。她性格开朗，笑起来，嘴角微微向上，声音沙沙的，楚楚动人，跟汉斯以前的女友截然不同。

话还没绕一圈，大家就熟了，曼迪敲敲手中的盘子，提议为我女儿选位教父。同学们七嘴八舌，曼迪主张无记名投票，她站在椅子上读票。荣耀落在汉斯身上，他是我的挚友，高我半头，以前遇事总替我挡着。我瞟了一眼曼迪，给汉斯宽厚的胸上一重拳。

活泼的曼迪自然成了谈话中心，她毫不掩饰二十年前与母亲和二哥成功跨越美墨边境的经历，并转身用手拨低红T恤衫领口，露出过境时被铁丝钩出的伤疤。指盖大伤口边缘的皮肤依旧微微翻卷，突显出深深的一个绛红色圆坑。受伤时她只有五岁。

曼迪性格倔强，有一次，外出做保姆的妈妈带回一个浅黄头发的芭比娃娃，说是主人家不要的。她蹒跚地提着娃娃，把它扔出门外，回身一头扎在妈妈的怀里，放声痛哭。她恨妈妈去当保姆。

汉斯能够接纳出生卑微的曼迪为女友，我向他点头致意，在一旁儿上下打量着这个女孩。

曼迪是靠政府救济长大。她颇为自豪地提到她的二哥，DACA（美国政府资助入境少年儿童项目）的毕业生、律师，精于婚姻事务。曼迪记得很清楚，二哥曾为了准备考试，两次错过她的生日。她也不会忘记，由于她没完成作业，二哥撕毁了她去游乐园的门票，还不许她哭。

他们入境美国后的一天，二哥穿上一件套衫，是不久前从街上捐赠箱里淘来的。当他把双手插进斜兜，摸到夹层里有一个硬纸卷。他找来剪子，把线割断，露出一卷两张一百美元钞票。他把纸币拿到灯光下，前照后照，该是真的。一家人跳跃起来。于是母亲做了墨西哥新鲜牛肉卷饼，他们大口吞食，每一个盘碗都被来回舔过。从此他们会把捐赠箱里的衣服，里里外外翻上好几遍，有时，还换人细查。但这种事再没出现过。

"我见过她二哥，极其精明能干！曼迪对他是言听计从。"汉斯如此评价。

曼迪在她二哥的督导下，高中毕业后，三年内，做了上千道练习题，连考三次SAT（美国大学入学考试），终于走进大学校园。踩着她二哥的路径，她转学成功，现就读于加州伯克利分校。她说话略带口音，语调坦然而流畅，宛如是提一些讲过许多遍的故事。回眸大家惊奇的神情，她露出得意的笑容。

汉斯，这个波士顿艺术画廊老板的大男孩，奇遇身世像肥皂剧里的穷困女孩，犹如一个现代版的灰姑娘童话。他养尊处优的背景，让他常常把现实当成百老汇歌舞剧，以为一切都是那样黑白分明，一目了然。在我们的掌声中，他向曼迪射出一个响当当的吻。

"她快毕业了吧？"我端着盘子走到汉斯面前问。

"她说还差几个学分，希望明年毕业。"

"那她是差几分，还是也差个金龟婿呢？"我半开玩笑地问。曼迪看起来比一般大学生的年龄要大。

汉斯先是喝完还剩一半的啤酒，嘘一口气，不置可否，然后眼睛圆圆地瞪着我。

"别忘了，是你建议我去伯克利校园舞场找女朋友的！"他的金属项链在胸前晃动着。

这时曼迪过来依偎在汉斯身旁，眼神在发问。 汉斯搂着她，开始追溯：在康大念研究生时，有个女留学生，追求他很久，这天汉斯把她带回住处。

"那女生说话口音极重，给我印象很深。你们笑嘻嘻地关上房门。"我抢过话题，曼迪翘眼看着汉斯。

"一会儿，听到你的喊叫，那女生就仓皇出逃了。"在汉斯的默许下，我把话说完。

"为什么？"曼迪听得津津有味。

"她问这个是什么，我回答后，她竟然叫我，恶心的人（sick

man）。"汉斯边说边摇手中的项链。

"那是她的英语词不达意。你想偏了，她或许是说你是个病人（Sick man，有两重意思）。"我解释说。但是那女生的话，对于心有余悸的汉斯来说，无疑是重重一击，让他记了这么多年。

"那次舞场上，你应急得当，贴心，我感激不尽。"汉斯吻着曼迪轻声地说，一手握着她的长发，曼迪顺从地靠着他。

我本想再问汉斯，但是看到曼迪坐在他腿上，他用胳膊绕过她的脖子，嘴巴贴着她的额头，我的话没法问出口。汉斯的臂膀在曼迪脸盘的衬托下，看上去惨白无力。我埋头细细地咀嚼口中的食物，连问话一起咽下去。

距那次聚会三个月后。

"曼迪怀孕了，她反应强烈，每天呕吐不止，就退学了。"汉斯来电话。我听得出他有些措手不及。

"我该负责任，她母亲是天主教徒，绝不允许女儿未婚先孕，更别想做流产。我们登记了，尽管我父母不同意她改用我的姓，"汉斯在电话那头把话一气说完。

"为什么曼迪不能用你的姓？"我问。

"时间太短，我父母还接受不了曼迪来自天主教家庭。"他不假思索地说。他回答得太快，倒让我感觉到他父母不接受曼迪的原因是她的出身。

"但愿婚姻会抹平一切吧。"他说。然后告诉我，曼迪太爱给她娘家买东西，几百块一件的羊绒衫、皮包，成双配对地买，隔几天就送一趟礼物，他早已受不了了。他在波士顿求到高职，也为远离曼迪家人的影响，他们下星期就搬回波士顿老家。

我打开汉斯发过来的结婚照。玻璃相框里，他们两人都笑眯眯的，曼迪身着白色婚纱，露出棕色的肩胸，头上戴一朵粉花，头两边吊着落肩的祖母绿大耳环。

自那以后他们去波士顿了。

二

太阳出来了，晨曦笼罩着大地。我到达汉斯的公寓，公寓区里，楼群分散，座落无序，上班上学的人从各个角落出来。我七拐八弯地来到汉斯的单元前，叩门，敲门，砸门，里边没有一丝反响。"汉斯，汉斯，汉斯！"我喊着，没有人答应。当找到公寓办公室时，我已是气喘嘘嘘。办公室工作人员听完缘由，就迅速离开，留下我等消息。我无心地翻开桌上的一本杂志，滑过几页，看到一个生日派对照片，好似时空交错，一下把我带回到与曼迪的另外两次见面的场景。

那是汉斯他们离开湾区几个月后。

"嗨，曼迪生了，是儿子，白白的，金发！"汉斯从波士顿来电话兴奋地报添丁。

"恭喜！下月我去波士顿出差。"我脱口而出。

当我来到波士顿市中心，找到海洋一品饭店时，他们已在等我。走进饭店，我一下就被它高耸的屋顶和大玻璃窗里的海景所吸引。那木制的餐桌、雕花背的靠椅、印花窗帘和古色古香的地毯图案，一切给人一种典雅、考究的感觉。

汉斯的父母也在座。我念研究生时，每当学校节日放长假，汉斯怕我无聊、想家，常邀请我跟他一起回家过节。

他家在波士顿郊外，房子是新英格兰早期建筑风格，红砖外墙与白色石材装饰相得益彰，建筑线条简洁而对称，整体外观造就出一种庄重与优雅的气氛。进口是铁艺大门，两侧的石柱装饰着精美的花纹，彰显出它的历史感与贵族气息。顺着车道排列的高大整齐的两排树木，好像列队欢迎的卫兵。

汉斯是家中唯一的男孩，父母都是德国后裔。他家走道长廊两边是年鉴般的照片。五岁的汉斯跟父亲赶海，捡生蚝，他身着橡胶冲浪服，身后的海浪比他还高。另有一张照片是少年汉斯和全家在德国阿尔卑湖度假，我注意到湖边山上矗立着的新天鹅堡，迪士尼乐园里看到过它的仿造品。

客厅墙壁上看到两幅中国宋代小画，可能价值连城。我为他们解析，宋代画家如何在小画作中营造宏大的意境。

我印象深刻的是他家的感恩节例行活动。当人们大多坐在电视机前观看每年一度的梅西百货玫瑰花车游行时，他们全家会在附近做义工，为无家可归的人准备晚餐。

　　汉斯母亲起身给我一个拥抱，我恭维她还保持着健美身材。她很开心，小声阐明由于我的到来，曼迪才勉强同意他们来见孙子。

　　我问候曼迪，她抱着儿子，婴儿白白嫩嫩的小脸，贴在她敞露的肩上，乖得像只猫。曼迪变得圆润许多，年龄看上去也更接近汉斯了。

　　"你可来了，要不就我一个外人。"曼迪在我耳边嘟囔，轻轻咬着嘴唇。我环视饭店一圈，几乎是一色白人，只有几个侍者例外，这跟旧金山湾区真不同。

　　"你有汉斯呢。"我安慰地，她没有再吱声。

　　她仍是一头秀发，脚上穿着香奈儿黑白字样的长袜，上面是件齐膝的土色粗布衣裙。她胖乎乎的手上戴着一只古朴、别致、镶着红宝石的戒指。说话间，她摸了摸戒指，嘴角上翘，走了一下神。

　　我挨着汉斯坐下。席间，汉斯低语，饭店是他父母选的，曼迪为结婚没得到他父母的祝福，一直耿耿于怀，还责怪他父母从没正式请她去他们的家里。儿子出生那天，她断然拒绝他们过来看孙子。今天父母以祖传的戒指作为见面礼，曼迪戴上戒指，摇了摇手，眉毛上挑，她切换话题挑剔地说："哦，这家饭店的菜单夹子不是真皮的。"

　　汉斯学着曼迪的声调，我强忍着没敢笑出声来。她怎么想得出这么一句话来？我瞟一眼曼迪，汉斯母亲在问她，想抱一下孙子，曼迪说，他在睡觉。她说话的神态和语气让我大吃一惊。

我第三次见曼迪，是因为天降横祸，汉斯的母亲不幸去世。我坐红眼航班飞到波士顿参加葬礼，见到汉斯的父亲，他因为妻子的陡然离开深受打击，一下变得苍老许多，生活完全不能自理，被安排住进养老院。

曼迪身着紫色大衣，夹着一个超大 Louis Vuitton 包。她告诉我，是汉斯父亲傍晚回家，发现妻子歪斜在沙发上，送到医院时已经太迟了。

"她跟汉斯那次在舞场犯的是一样的病。"曼迪补充道。

"但汉斯有你呢！"我宽慰她。她眉宇微抬，目光发直，没有再说什么。

葬礼结束后，汉斯执意开车送我去机场。

"趁着家人都在，父亲宣布，家里的贵重家具和精美的收藏品，传给我，包括那两幅宋代小画，你夸过的。"他转过脸，我点点头。

"曼迪花了一整天细数家产。我们波士顿公寓太小，贵重家具和大幅收藏品摆不下，她说她母亲家有地方，趁我不在时，她二哥就通知搬家公司把东西全部运走了。"

"我没有想到曼迪会如此急迫地敛财。"他愤怒地闷声道。

"又是她二哥，那个离婚律师！"汉斯的语气沉闷，一字一句地说。他不停地耸肩，摇头。车子里很安静，只有车轮滚滚向前的声响。

"你儿子好吧？"我打岔地问。

"好，好极了！我在教他打棒球！"汉斯换了声调，美滋滋地。我被他的话感染，心情一下轻松了许多。车子披着最后一缕残阳，飞速驶向机场。

三

那片回忆还在随着车轮飞驰，刺耳的警笛声突然响起，那一瞬间，过去与现实的界限变得分明。我合上杂志，迈出公寓办公室的门，看到几辆警车、救护车和嘈杂的人群，心中一丝不祥之感，不假思索地赶回汉斯的单元。

一路走着，我近来常重复做的一个梦浮上脑际：一个高大男子颓然倒地，仰面朝天，他脖子上的金属圆牌项链，摔到地上声音清脆。一只等待已久的黑鹰，带着粗哑的叫声，从天而至，在他的心口狠啄两下，那人就直挺挺不再挣扎。鹰叼起他的心脏，冲上云霄，鲜血从它口中淌下来，滴在我的头上。我下意识地摸了摸头，　向天空望去，有几朵灰色的云团慢悠悠地飘动，像在把时间拉长。

一个月前我接到汉斯的电话，满腹狐疑。他怎么又要回湾区工作呢？我赶往菲莉咖啡屋去见他。

菲莉咖啡屋开在一幢百年老宅里。老宅四周环绕着开阔的草坪，远处是起伏的林地和山丘，草坪上点缀着高大的橡树，弥漫着恬静悠远的氛围。长长的引路、高高的墙上爬藤，将它和喧闹的尘世隔开，似有个幽灵隐居其中。

我在靠落地窗的桌子旁坐下。今年湾区山火连绵，烟雾随风飘散，天空呈罕见的橘黄色，让一切变得陈旧起来。

"汉斯！"我看见他走进咖啡屋，举手招呼。他那轮廓分明的脸庞和高大挺拔的身材，透露出成熟与帅气，一头大波浪金发略见稀疏，往日清澈深邃的蓝眼睛蒙着一层倦意。

"嗨，好久没见！"我们紧紧握手。

"我的小公主好吗？"他总是这样称呼我女儿，边说边拍我的胳膊。

"她嚷着谢谢教父，喜欢你给的生日礼物，让你破费了。"我说。

"那倒要感谢曼迪，年年靠她记着。"说到妻子，他的脸色变得暗淡下来。

"过得怎样？"我问。

"好日子，坏日子，昏昏噩噩一辈子。"汉斯的神情凝重起来，眼窝明显深陷，倒像个久经风霜的诗人。

服务生送来卡布奇诺和小点。我们坐下来，他一口接一口地喝咖啡，却沉默不语。最后的一道阳光射在他的脸上，树叶的影子随风摇曳，变化莫测。

"曼迪将儿子拐带回娘家了！"汉斯猛地放下咖啡杯。

"什么？"我张大嘴，还没来得及合上，他就愤愤不平地全盘托出：母亲去世后，曼迪似乎变了一个人。她抱怨波士顿冬天太长，出门没朋友，她会紧紧地抱住儿子，瞪着客厅墙上的藏画发呆。

这映照了我在汉斯母亲葬礼时见到的曼迪。

汉斯接着说，一个周末，曼迪带儿子去公园，他洗澡的功夫他们就回来了。曼迪满脸怒气，言词激烈地骂波士顿人粗鲁，没教养，把手里的东西甩了一地。

"他们凭什么说我是保姆？"汉斯模仿着曼迪的语气。

他解释，起先他也觉得匪夷所思，但想起有一次，他们三人出席公司的晚宴，曼迪带着儿子在一旁玩耍。一个同事跟汉斯调侃："你倒不客气呀，连保姆都带来了。"那话一定溜进曼迪的耳朵里。最近，他老板家请客，曼迪说不舒服不去，他准备带儿子去，曼迪暴怒，尖叫着说儿子去这种人家会学坏的。

我听到这儿，联想起当年曼迪跟汉斯一家在海鲜一品饭店的一幕。

汉斯顿了一下，学着曼迪的样子说，"我不是保姆！"她拉开抽屉，又撞回去，砰、砰、砰地响。儿子吓得哇哇地大哭，死死抱着妈妈的腿摇个不停。汉斯过去搂着他们，曼迪就把他推开，儿子用小手拉他，他又再一次把他们拢在一起，以为事情就此平息了。

第二天下班回家，他推开门，衣柜门大敞着，几件旧衣裤散落在里面，三五个空抽屉立在房间中央，客厅墙上光秃秃的只留下几个斑点，曼迪和儿子都不见了。

他在屋里连转几圈，气得浑身发抖，抽出电话打给曼迪要儿子。一遍，一遍，又一遍，通了，线路那头先有哼鼻的声音，"他在睡觉。"曼迪不紧不慢地说。

这听起来很耳熟，几年前，曼迪正是这么回答汉斯母亲的。

我的卡布奇诺凉了，窗外夕阳已尽，风吹树叶哗哗作响，汉斯还在说：

"我马上飞来湾区，来到曼迪母亲家，却被她二哥挡在门外。我对着门喊话，曼迪慢腾腾地从里面出来，身着灰旧无袖裙，双手放在身后，歪着头，斜视我，儿子没有露面。我要她让开，想跨进门去，她当即扯开嗓子大喊，附近围观的人越聚越多，她二哥报了警，四辆警车鸣着长笛驶来。"

说着汉斯掏出一张皱皱巴巴的纸递给我，是二哥起诉他对曼迪和儿子有暴力倾向后，获得的法院限令：汉斯未经对方允许，不得靠近他们。

"暴力？我？你能想象吗？"他气愤地反问。他决不接受。

"那你打官司啦？"

他嘴角抽搐，满脸苦笑："是。只赢得在儿子成年前每年几次见面机会，但未能从曼迪那儿要回一样东西， 无论是藏画、戒指，还是我银行里的现金。"他目光呆滞。

"每次都得从东部坐飞机来看儿子，既费时又费钱。"他嘴角弯起，又呷一口咖啡，收住话题。他仍在负担着曼迪和儿子的一切费用。 我直愣愣地瞧着他，一肚子的话，在嘴里打成了结。

"我们下月湾区见！"汉斯起身去赶飞机回波士顿。天黑了，一阵狂风吹乱汉斯的头发，望着他远去的身影，我坐在那里没动，一股悲凉袭上心头。

<h1 style="text-align:center">四</h1>

"你是汉斯·冯·吉尔克什么人？ "一个警察问我，将我从回忆的伤感中猛然拉出来。我再次站在汉斯的单元前，门上有个大洞，拉着黄色警界线。警察说，汉斯躺在床垫上，手握着项链，电话在一呎外，还未拨出的911号码留在手机屏幕上。法医推断：十二小时前，他因为感冒没能按时进食，引发急性尿毒症，瘁死。

"什么？感冒？"我用力拍打自己的脑门，好像这样时光可以倒流。

三天前，汉斯来过电话，留下他租住公寓的地址。说他有点感冒，并向我打听邻里是否有医院？急救中心在哪儿? 急救费用可以报吗？我当时没在意，只奇怪，他一个土生土长的美国人，怎么会问这么小儿科问题。我那时为什么没有追问？我为什么十二小时前没有想到来看他？

"你要进去看看吗？"警察又问我，他们在等曼迪和她的律师。

"不用了。"

在菲莉咖啡屋竟成了我们最后的会面。身为汉斯的挚友，发生在他身上的一切在脑海中闪现，幻觉油然而生。

夜幕降临，窗外的黑鹰在天空迂回，发出沙沙声，散出一股陈腐的味道，彷佛等待着某个终结。汉斯蜷缩在床垫上，手指无意识地抓住胸前的金属项链。那些记忆，就如撕裂的帆布，被风吹得四处飘散。他想到曼迪，那个舞会上手握葡萄糖胶囊，面带微笑的曼迪；那个穿着红色T恤，充满活力的曼迪。如今，她已然变得陌生，变得遥不可及。

"也许，命运本就如此。"他喃喃自语，试图伸手拿起电话，但手臂却有千斤重。911的数字在屏幕上亮起，却未能拨出。

几天以后，我参加了汉斯的葬礼，再次遇见曼迪。曼迪帽上的黑色羽毛无声地滑动着，让我想起梦里的那只鹰。

昨晚汉斯托梦于我，他的病，不传子。

但愿。

《汉斯和曼迪》创作谈

我是学理工的。这篇《汉斯和曼迪》是我上完常少宏老师两季创意写作课后，完成的第一篇小说大作业。

这篇作业，是根据真实事件写成的。那些事件纠缠我很多年，开始只想写一篇类似悼文的东西，后来也有想写一篇散文记事的冲动，最后写成短篇小说。所以，这篇创作谈，记录了一篇小说是如何基于真实事件，逐步成为小说并实现它该附有的社会意义。

理工科人写东西是字少文简，数据说话，点到为止。这种职业习惯成了我写作的桎梏，让我的文字干扁，无味。在如何处理小说里的实和虚，繁和简，怎样理解什么是描写和概括，使我很纠结，历经周折，煞费苦心。如纪实里"他很矮小"说明这个人不高，又小，简明扼要。而小说里"一件T恤衫盖过他的膝头"的描写，不是话多又夸张吗？可后者给出了一个逼真且启发人去想像，以至难以忘怀的画面。我慢慢领悟到了区别，开始学着去做，用描写，用对话，不写满，也就是要留白。

《汉斯和曼迪》一文修改了十几次，常老师为我当时只有四千字的第一稿，写了两千多字的评语，可见她用心良苦，也让我感到压力很大，怎么改？更不确定能否达到要求。这里的是第七稿，有七千二百字。

我通常是想好题目再开写。这篇的题目从初稿《他只是感冒》《与君共舞》，一路来到了第四稿，我在《汉斯的悲歌》和《汉斯和曼迪》之间犹豫，最后定题在《汉斯和曼迪》上，可见创作的心理路程。第一和第二稿的最大区别是改结构，把最吸引人的段落放在开端。第二与第三稿是在写人物时白描，试图去掉作者的好恶，尽量不做评语，留给聪明的读者。从第四稿开始放弃文中主人翁的真名，切断作者与主人翁有机关联，以此来放飞自我，让人物活起来且更有发展前景，故事情节上加细节，做了更多的对比描写，使人物相互衬托丰富起来，让好人有缺点，坏人可同情。在选词造句上，做更进一步的斟酌。力图句子有韵味，段落构成画面，全文呈现出一组组动漫。也要充分利用短篇小说不需要面面俱到、详细交代前因后果的特点，努力留下思考，留下判断。第七稿是再次捋清叙事视角。

我是在初稿完成之后，才关注文章的立意和主题，因此就去挖本篇写作更广泛的缘由。这也使我开始寻找文章可能涉及的社会意义，如果有是什么，或是可能的读者是谁。这逼使我在文稿中客观地讲故事，留白。要知道，收起自己的好恶，有时并不容易。这个短篇，以他的挚友（美籍华人）的第一人称视角，试图为读者拉近与故事主人公汉斯和曼迪的关系，通过汉斯与曼迪的健康状态、族裔、教育程度以及贫富等不匹配现状，透过他们的爱情、挣扎、背叛、报复和死亡的一场个人悲剧，展现社会中的矛盾，揭示阶级冲突和翻转、文化差异、族裔和宗教认同等问题。但最终怎样才能达到胡适先生眼里的好文章的标准——清楚、动人和美呢？当继续努力。

　　衷心感谢常少宏老师的谆谆教诲和同学们、朋友们多次慷慨
的点评和赐教。

汉斯和曼迪　　丁子　　45

李冬秀，北京大学中文系学士，旧金山大学亚洲研究硕士，美国注册会计师。现就职于硅谷高科技公司，同时担任北大大纽约未名诗社社长，并为《纽约未名诗歌》的合作创刊者及常任编辑。曾在《中国青年报》《Beijing　Review》《汉新》等中外刊物发表散文、诗歌及报道。《火山》是她完成的第一篇小说。

火山

李冬秀

我有一个惊天的秘密。

别人眼里，我是一个大生意人，三十多岁就赚够钱，天天在海边看落日。"神秘的东方人"，岛上人这么评论我。岛叫大岛，原来的名字是夏威夷岛，所处的州把这个名字借走了，岛就被叫成了大岛。然而大岛不介意，岛上的居民也不介意，不论男女都露出黝黑的皮肤和宽厚的笑容，无奈而小心地给来岛上的游人划出活动范围，把祖辈信奉的火山神藏在深山里。我不介意给岛上人提供一点谈资，只是担心如果他们知道我的大生意不过是小小一家私人侦探所，会不会大失所望。

远海面的太阳如烧至酣畅的火堆，仰天呼啸，意气风发，之后逐渐成灰成云，层层堆开，一直堆回海滩上。落日和海面绵绵环环，时间和空间无意中打了照面，恍然不知身在何处。阳光收拢淡下去，一口延绵的叹息，今天叹不完，明天继续。我晃晃啤酒杯，向餐厅门口瞄了一眼。

餐厅已满，三四十张桌子，以酒吧为中心摆开，天花板上垂下芭蕉叶形状的风扇，正用最大的风力扇着，把游客们的面容扇成一片模糊的声浪，随着灯光流到窗外的沙滩上，流进海里。我坐在灯光里，任自己浮漂，在人声里汲取一点陪伴。他们说什么，我并不太在意，却仍听出"火山""爆发"的字眼。

火山又要大爆发了？大岛是座活火山，一万多平方公里均由火山灰堆积而来。小爆发不稀奇，一两年就有一次。大爆发则不同，火山岩浆直冲上天几千米，人和人创造的一切在其之下显得蝼蚁般微不足道。参天的火树金华落地便成大团大团的黑色流石，裂缝里闪出带金辉的暗红，警示般令人心生敬畏，避让不及。

我在等史密斯博士。三年前，我经过夏威夷大学，看到一个公开讲座的预告，题目着实惊人：长生不老。主讲人史密斯博士个头不算高，精瘦的身躯，两撇下垂的浓眉横跨额头，把眼睛都压小了，一幅懒散放松的神态。他第一句话就是："谁想长生不老？举起手！"

听着像江湖骗子，怕是白来了。我心里苦笑一下，随众举起手。史密斯懒洋洋地在讲台上踱步，开始他的报告。

"在座每一个人都有两重生命，一重是你的躯体，一重是你的思想。我们传统意义上的长生不老，就是想办法减少这个躯壳的劳损，延长生命。一万年前人的平均寿命是33岁，而今天已经到了73岁，百岁老人已不足为奇。那么，如果没有另外一个类似冰川事件的话，百万年以后，人的寿命会是多少？是否活个几千年也不足为奇？而那时的人类，或者别的什么生命形态，比如说，外星人，把这种长寿基因植入古代人的体内，是否就是所谓的长生不老药。"我打个寒战，看来这个史密斯博士还是有两把刷子。嗡嗡声从听众席升起。

史密斯博士这时打个哈哈，话题一转，说这只是一种假设。他的真正研究方向是针对人的另一重生命：思想。通过训练机器学习来发展人工智能，进而产生思想。人的认知通过学习而来，而机器学习的能力更强更快，也必然产生更有深度的认知。还有一个好处就是可以避开人的情感产生的误区。你看，多少悲剧的产生都是人的情感导致了认识上的错误。而机器学习则不为七情六欲迷惑，这才是真正的大智慧！讲得兴起，史密斯的眉毛立起来，眼里弹出精光。

上周史密斯忽然联系我，说要来大岛，约见面。不知道他来做什么，见了面再问吧。我喝干杯里的酒，招手呼唤侍者。晚霞流连，一切都被染上一层梦幻般的红，包括走过来的女侍者。这是张新面孔，二十岁出头，穿着崭新的酒吧T恤。天哪，T恤下面没有胸罩，年轻的胸脯在T恤下随着走动而轻轻颤动。衣服极为宽松，遮盖住颤动的痕迹，但有经验的男人还是能察觉。

我是个成熟的男人，自然能察觉，尤其是这对天真而松弛的乳尖已经离我不超过一臂。她鬓边的鸡蛋花的幽香和少女的体味一荡一荡地罩过来。我看她，瞬间一愣。

我仿佛看到了自己！这实在荒谬：她是个棕发绿眼的爱尔兰血统的姑娘；而我黑发黄皮肤，凤眼微挑，明显的中国男人。但是我认得她的眼神，那是我无数次在镜面上看到的近乎麻木的孤独的眼神。而此刻，它们居然从一个年轻姑娘的眼里看向我，清可见底，却如滔天巨浪一样扑头盖下，瞬间把我吞没。海风穿堂而过，带来深海里的生生死死的气息。大片大片的云块压在屋檐上，犹如万马奔腾的战场。无数矛戟挥舞，烈马哀鸣倒下时压倒大片草叶，青草的味道从黏腥的血液里钻出来。而我太过漫长的旅途在一刹那向身后飞奔，吧嗒一声在遥远的地平线最黑暗的地方烫出一个耀眼的金点，继而烧亮了天边。

她看我愣着，便说："我是凯莉，您今天的侍者。"

我不由地伸出手，介绍我自己："本，本·王。"

她笑，露出洁白的牙齿，说："凯莉·耶茨。"她的手指如她的人一样，干净柔滑。

"跟那个爱尔兰诗人同姓？"

"你也读叶芝？不，不是叶芝，是耶茨。"

我刚好知道，这是一个古老的英格兰英文，意思是很多扇门。

"啊，躲在重门之后的公主。你来自英格兰？"

"公主？不，我来自加州。本，你想喝点什么？"

“啤酒，有什么蜂蜜啤酒吗？”

“岩浆人，外边买不到的，想试试吗？蜂云适合独坐的人。”最后一句玩笑话赫然是叶芝诗里的句子。我又看了她一眼。她有种罕见的优雅气度。这种气质通常只存在于幸运的成熟女人身上，历尽风雨看透沧桑之后的悠游超脱。然而这个姑娘年轻得如尚未见过太阳的露水，认真地看着我问：

“还要什么？红薯片？椰丝炸虾？”

听得出来她不是在推销，只是单纯地担心我空腹喝酒不好。看我点头，她举起小本子往上写。小本子遮住她的脸，我居然傻瓜一样探身去追踪她的眼神。凑近了她却刚好放下手，我忙往后靠。脸上发烫，找话说：“你是加州人？凯莉。”她的名字读起来实在好听，先要张开口，笑一样，再拉平了嘴唇，把笑噙在唇齿间。

“是的。”

这时史密斯博士在门口出现，看见了我，挥挥胳膊走过来。我只能放凯莉离去，顺便示意再加一份啤酒。

史密斯在我对面坐下，仔细打量我，就像打量他的实验室产品，说：“本，三年不见，你一点都没有变化。”

“三年而已。史密斯，你也还是老样子。很高兴这种时候你还是来了。”

“当然要来，就是为了看你也要来啊。”

"说说看，你最近在忙什么？你的机器人可以上街了吗？"

史密斯下垂的眉毛抖了抖，才说："不是机器人，是智能人。但是，我遇到了一个阻碍。"难得看到史密斯露出犹豫的神情，小学生一样看着我，仿佛我是可以给他答案的教师。

"我没有意识到人的躯体的能量。当我们把培养成熟的意识和躯体结合的时候，这个意识逐渐被身体的欲望主导，偏离了最初设定的方向。我竟是全错了。"

说到这里，史密斯从鼻孔里喷出哼声，乍听上去像在哭，实际上是不甘心的恼怒。眉毛带动皱纹一起抖动，露出超出他表面年龄的老态。

这时凯莉拿个托盘送啤酒上来，打断了史密斯的话。他抹抹脸，转身去接，顿时一停，盯住凯莉看。

继我之后，凯莉被又一个男人盯着，有些窘，放下啤酒走开。史密斯的目光追随她的背影。这多少令我不快，打岔道："史密斯，不知道你这个科学家，也有爱美之心。"

他恍然看回我，问："你们认识？"

"是啊。"不知怎的，我很想占一个先来者的地位。

史密斯还有事，没聊多久就走了。我注意到临走前他向凯莉那边又看了一眼。

凯莉在忙，不知道什么时候套上的一条围裙让我暗暗欢喜。我结完账，却舍不得走，问她："你几点下班？我能来接你吗？"

她有点没听清似地怔怔看我，刘海粘在额头的汗里，匆匆说："午夜。"

这算答应了我的约会？我的心飞起来，忙指着餐厅外的沙滩说："'那里半夜闪着微光'。"她好笑地随意点头，不知道是真听明白了还是忙着把我打发走。我像打胜仗一般把自己挪到了餐厅门外。

离午夜还有三个小时，我刚好处理一下业务。

在纽约的助手文森特认命地从床上爬起来接视频电话，他那里早上三点。但屏幕上的他神采奕奕，这很令我欣慰。他称我老板。他们都称我老板，不管是助手还是客户还是恨我入骨的敌人。

文森特踌躇了一下，问道："老板，你还在岛上吗？"

我反问："为什么问？"

文森特说："上次被我们端了的那帮人要为他们老大报仇。有人向他们透露你在一个岛上。"

我的嘴角挑起一个笑，明白我又被出卖了。总有人在走投无路的时候来找我，事后又恨不得连我一起灭掉。但我已对人性如此了解，早已不再会失望。文森特看不到我的笑。屏幕上他是看不到我的，只能看到一个灰黑的头影。我用过各种不同的头像：国王、小丑、铁臂阿童木，有一次我甚至放了一个秦代兵马俑。没有人见过真正的老板，见过的人都死了。

我让文森特放心，问还有什么。

"某个神秘机构丢失了一个机器人。据调查，这个机构研究如何通过机器学习来产生生命意识。"

"哦，这么巧。怎么丢的？"

"有个出了故障的机器人在被销毁的路上逃出去了，他们联系到我们，让我们帮忙找。是个大客户，出手很阔绰，直接给了报价的两倍。"

"这么简单？好，接单，收定金。"

关掉视频，黑暗重新盖下来，几处机器的蓝光紫光在寂静里幽微闪烁，像生命在不动声色中流逝，毫不引人注意。对人间的依恋和对人性中的幽暗的洞察交织成我的铠甲，也成为将我自己困住的网，令我无限厌倦。厌倦得只想躺下，打开四肢，任身体平平落下去，无穷尽地落下去，看着头顶上方的光亮慢慢合拢。

我拥有世人梦寐以求的东西，却乏味得要死。

当然，我不会去死，尤其是今天，我遇到了一个叫凯莉的姑娘。仅仅是想到这个名字，那张困住我的网就被撕开，花朵醒过来，在朝露里无声息地绽开，长藤引领着看不见尽头的小径，洁白的花朵，一点点鹅黄芯。我的心跳加快，手臂发烧。哦，我等不及再见到她！

等我赶到约会的海滩时，凯莉已经到了，背对我，她的身形愈发窈窕，在海浪的背景里飘摇。她没有动，是海浪在飘摇。

她听到声音，转过身来。我再次失去了生杀予夺的自信，开始手足无措。我不知道说什么才是对的，才对得起眼前的月色，和月色下的凯莉。尽管知道眼前的这个姑娘身无分文，甚至没有称身的衣物，但我除了傻乎乎地站在那里，就什么也不会了。

凯莉的笑轻轻散在沙滩上，让我松了一口气。我也笑，摇摇头，说："你让我变成了傻瓜。"

心里话总要用恭维话的样子说出来，才显得容易些。她却问："为什么？"

我犹豫着，不知道是该说"我心悦你"，还是"你令我好奇"，最后只能坦言："你是我见过的最不寻常的女子。"

她脸上浮出尴尬，说："谢谢你。但我不过是个、次品而已。"

自卑的小女人。我忍不住迈前一步，握住她的双手。她稍稍一惊，手指微凉。"冷吗？"我问她，自然而然地拥住她，想把我的体温渡给她。她没有拒绝。海浪重复其恒久的声响，原来天长地久可以如此美好。

凯莉却没有听海浪的声音，忽地"扑哧"笑了一下，抬头看我，问："为什么你的心跳越来越快？"

"也许，因为我开始爱上你了。"

凯莉的眼睛里闪着兴奋和好奇的光，问："就像罗密欧和朱丽叶吗？"

轮到我笑了，轻咳一声说："也许吧。但那两个孩子还没有来得及爱就死了。激情让他们战胜了世俗的偏见，也让他们死于一个误会。"

"那么，七情六欲真的会造成生命里的不完美？"

凯莉深思的目光从我身上游离开，顺着脚下的沙滩移向别处。我赶紧拦住她的目光，说："那就不是生命了。生命必有七情六欲，说没有的都是骗人的。所以哲学家都是老头子或者性欲不足的人，荷尔蒙低了不正常了。你说的罗密欧和朱丽叶虽说死于误会，但死亡也令他们的激情成为永恒。"

凯莉的眸子里光影移动。渔船的一点光在海上时隐时现，眼看要被风浪盖下去的那一刻冲出暗影，坚定地截海而来。她的手无意识地抚上胸口，似乎要试出自己的心跳速度，认真得可爱。我忍不住哈哈大笑，笑声向海面上滚滚而去。火山在夜色里沉默地喷吐出岩浆，闪闪烁烁地垂落在海面上。

我中了魔一样地坠入情网。这是一种无法解释的情感。凯莉是个奇怪的姑娘，她有与年龄不相称的深邃的想法，但在情感方面，她却有种近乎闪烁不定的天真。我试探着问她，她的绿眼珠忽忽闪闪地看着我，清浅得犹如沙滩。那沙滩是黑沙滩。大岛的黑沙滩下密布着深不见底的火山石，妖魔鬼怪般向深海里伸去，伸去。我放弃了追问，何况我也有自己的秘密。

为了省钱，凯莉住在深山里的一个小木屋，远离尘世，去餐厅上班要开一个多小时的车。一个大城市里来的公主住在这样的小木屋里，我第一次踏足进去不禁心感悲凉，但不敢多说。她有一部上气不接下气的老福特车，是被拿去销毁的破车，非法在黑市上倒卖出来的。好在岛上人都很随意，没给过她麻烦。

凯莉来我的住处的时候，我不禁为自己的"奢华"惭愧。我的房子并不算大，但视线开阔，起居室朝向大海，玻璃门外看得见对岸火山冒出的浓重的白烟。海岸边尽是黑色火山石，鳞鳞地框在门玻璃里，如怪兽作势待起。世上有多少绚丽，便有多少黑暗。

我打算给凯莉个惊喜，拉着她的手进了厨房。一个真人大小的机器人赫然出现在眼前。凯莉手一颤，往后猛跳。她的力气不小，我居然没有拉住。

她定了定神，问我："本，这是什么？"

我兴冲冲地说："这是一个目前最先进的做饭机器人，还没有上市，可以做六十多道菜。"

"先进？就这样的。"

坏了，听起来没放在眼里。我赶紧下指令让机器人开始干活，试图挽回面子。

这个做饭机器白色圆头上画上去的眉眼嘴巴不再滑稽有趣，而是鬼头鬼脑的。它傻愣愣地挥舞着机械手臂，转来转去没有方向。

凯莉不无鄙夷地说："这根本算不上机器人，一个做饭机器而已，没有任何思想的能力。"

我给自己打圆场："现在的技术能做到这个水平也不错了。"

凯莉却轻轻冷笑："那可未必。"

这话奇怪。然而我一转头，那个做饭机器人居然把锅给砸了，火焰直窜屋顶，防火感应器在浓烟里响起。

大岛树木茂盛，防火意识非常强。消防队的人跑这一趟，着实没有好气。也难怪他们，岛上的火山最近频频异动，心里都崩着根弦。

送凯莉回家的路上，山路沿着夜色蜿蜒。山里是没有路灯的，全靠车灯，有时有月色星光，但今晚没有。偶尔拐弯处漏出暗红的火山影子，一晃又没了，深林间酝酿着不安的气息。

凯莉的兴致却很好，嘴角噙着笑。她最近的笑容越来越舒展。她忽然想起来什么，说："你的那个朋友，史密斯博士，来酒馆找过我。"

我一愣，问："他还在岛上？"

"是，今天来的。他问了我一些奇怪的问题，还问我住哪里。"

"你没有告诉他吧？"

"哈哈，当然没有。"停了一下，她又说："本，你放心。"

我心里一甜，却明知故问："放心什么？"

"我必须坦白，我不太懂什么是爱。诗里说'想来那悠远的绝望/终将在爱情里终结'，很美，似乎也有道理，但是爱情到底是什么？我从来没有想过会和人谈恋爱。只是，你和他们不同。不知道为什么，我自然而然地就觉得跟你认识了很久似的。我喜欢跟你在一起的感觉。这算爱吗？"

我也喜欢跟你在一起的感觉，我心里默念，腾出一只手握住凯莉的左手。山路伸展，心意相通。森森的山林阴影挤过来，把我们的路挤成一道艰难而细小的轴线。

凯莉住的小木屋外表简单，却很结实，粗大的原木浑然而扎实地嵌合在一起，让我暗暗赞叹。凯莉细巧的手腕推在门上，门应手而开，居然全无声息。山里的人不用锁的，他们有他们的火山神看护。小屋不大，但空荡荡的，一桌一床而已，连椅子都没有，桌上插着几枝叶子。她的物件少得可以放在一只背包里。这点跟我很像，随时可以一只背包上路，再不回头。

我终于说了："凯莉，火山太危险，你愿意跟我走吗？不管你有什么麻烦，我们一起解决。"

凯莉正要说什么，木屋的电灯忽然灭了，四下一片黑暗。

屋里有人！我的肌肉本能地冻结成铁片一般，黑暗中的危险让我进入战备。我没有声息地把凯莉推到木门的边缘，示意她不要出声响。我感觉到凯莉点头，然后凝神听了听，飘身向屋里一角攻去。

意外地扑了个空。门外却忽然响起了引擎声，屋外晃起一片光明，参杂着马达的轰鸣，向远处驰驱。我心里一惊，木门大开，凯莉藏身的地方空无人影。

我冲出木屋，车还在原地，但轮胎已被割烂，瘪着嘴摊在地上。摩托车的声音被丛林吞没，前往火山的方向。

我的愤怒如山火，腾然而起。我向屋后冲，去找凯莉的小破车。果然还在。车子有些迟疑，但挡不住我的不顾一切，也腾地跳起来，被我驱动前行，贴在公路上飞奔。

前面出现了两部摩托车，察觉到我的出现，加大油门，一下子又消失在拐角处。混蛋，欺人太甚！我眯起眼，有如千古怪兽般和凯莉的老车合为一体，黑色的山影把我连同车一起吞没，山路被拉长到近乎静止。

在凯莉即将被推到下火山口的时候，我终于赶到。可怜的女孩，还奇迹般活着，在崖边无助地和三个壮汉撕扯。我翻身跳下车，小破车继续前驰，顶着一个没来得及闪开的人影冲进火山口。剩下两人互看一眼，其中一个就朝我迎过来，对我喊："本来不关你的事，但你找死！"这话有些蹊跷。但他来得很快，我来不及多想，直接下杀手，双掌分奔他的肋部。他没意料到我的下手如此之快，被我一掌击飞，消失在火山口里。与此同时，我感到胸口异常疼痛，一低头，一把短刀插在我的胸口。

凯莉瞬时呆住，被最后那人趁机推出。她的身体向黑红的岩浆里滑去。我圆睁双目，合身扑上，在半空中时顺手拔出胸前的短刀刺中那个汉子。我和凯莉都已悬空，我探手抓住凯莉的一只手腕。我的手指尖清晰地感觉到凯莉的脉搏，就一下，我已经借力把她往山崖上面丢去，自己左手搭上崖边。

谁知噗哧一声，我攀附的那块山岩裂开，陡然悬空的我往后仰落，下面黑红色的火山岩浆翻滚起来迎接我。

只是一瞬间的痛楚，我随即忽然有种解脱，迟迟不来的结局居然是这样的。我能感觉到岩浆的热度，似乎听到了红浪里那几个汉子恶意的笑。也好，就这般了结吧。我像曾经幻想过很多次那样，平平地落下去，看着头顶上的夜空，我无比释然。

惨呼声划破我的释然，一个女子从山崖上探身出来试图捞住我。太危险，我伸出手想把她推回去。就在这时我失去了知觉，脑海里只有一个名字，凯莉。

好久没有这样酣睡了，梦里骏马嘶鸣，草浪翻腾。蓦地醒过来，被一双温柔的碧眼接住。我回到了凯莉的小木屋里，四下寂静，隐隐传来风过丛林声。

我一把抓住凯莉，四下巡视。她的声音不稳定，似哭似笑地颤抖着说："没事了。你把他们都打到火山里去了。"

噩梦一样的夜晚，心里的疑窦奔涌而来，然而在我怀里的凯莉柔软真实。感谢老天，你还在，你终于在了，你终于来了！我更深地抱住怀里的这个身体，随即吻上她的唇。

火山灰翻腾上来，淹没了一切。我摸索着她的脸颊、身体，想要更多。她也在亲吻我，唇边、脖颈、胸口。我们互相牵绊，互相探索对方的身体。我无比清醒地感受着她的指尖和双唇，所在之处都令我颤抖而不满足，火山一寸一寸地起伏，把拦路的衣服扯到不知哪里去。每一片新的肌肤的接触都带来新的满足，继而更多的不足，恨不能挤进对方的身体里去。这是一场毫无技巧的做爱，失去了时间，只有一波接一波的浪潮。汗水模糊了两个躯体的区别，我和她融成一体。这一刻，她是爱我的。

鬼使神差地，我冒出来一句："凯莉，你嫁给我好吗？"

说完我自己先愣住了。婚嫁？婚嫁不过是敲在纸上的一个章，把两个人圈在里面，象征个今生的永恒。活了这么久，我从没有过这个打算。也不是不想，是不能，是被悲欢离合揉搓过之后不再有幸存的不能。

丛林里的风大了些，带了凄清的呜咽，我们更紧地抱住彼此的温暖。黑暗里，凯莉没有说话，没有说同意，或不同意。

我也有更紧急的事情要处理。文森特在屏幕上放大了的脸庞忧心忡忡："老板，你快搬家吧。你那个岛上的火山要大爆发了。另外，新客户的预付款到账。他们直接付了全款，但是没有给我任何信息，说要跟你直接谈。"

我说："先别管。去查一件事。昨晚我被袭击，谁干的？"

"老板，你怎么样？"

"我没事。我刚才把车上的监控录像分享给你了，你立刻分析一下。"

"好！"

挂了电话，我大步走出暗室。远处的火山吐出铺天盖地的黑烟，盖住了半个天空。忽然，我的脚一顿，想起昨晚火山边上那个汉子的话，"本来不关你的事"。难道，他们不是冲着我来的，而是凯莉？我背上一紧，脊背骨里升起冷颤，冲出门去。

凯莉的小木屋外一片宁静，鸟鸣和微风袭过。屋门微微打开。

我如释重负，喊一声凯莉就推门进去。然而话音未落，我先定住，停在门口。屋里有一个人，却不是凯莉。史密斯博士转过身来对着我。

"史密斯？！你怎么会在这里？"

"本，老板，你不是收了定金了吗？"

我站在原地，忽然明白了，史密斯就是那个神秘组织。

他含笑说："我想，既然你接了定金，我应该尽快把资料交给你。"

史密斯递过来一个大信封，是个考究的有皮质触感的纸信封，轻飘飘的，里面只有一张照片。凯莉的照片。

真相宛如大岛的海滩，清可见底，彩色的小鱼和黑鳞鳞的岩浆石尽在眼前，却无从下足。我看着照片，顿时好像什么都明白了，却又完全不明白。

　　史密斯一直在注视我，他拖过来屋里唯一的椅子，我木然坐下。他则踱步走着，似乎在演讲台上。

　　"本，你应该记得我说过，长生不老，是人类永恒的向往。"

　　我的身躯抖了一下，但没说话，听他说下去。

　　"就像我在讲座里说过的，人的生命有物质的躯体和不可触摸的思想。我最初对长生不老这个思路嗤之以鼻。躯体是有限的，而我寻求的是无限，无限的智慧。人类的思想非常了不起，却往往因为自己的喜怒哀乐做出种种错误的判断，自毁前途。完美的智能人不会为任何情绪干扰，可以永远做出最优判断，你能设想这样的社会将会多么完善吗？"

　　史密斯垂下的眉毛一根根地挺立起来，他的目光如刀锋削过一样看向窗外，仿佛那里有他口中的完美社会。窗外比平时灰暗得多，屋里也超乎寻常地闷热。

　　我喃喃道："但，凯莉是一个真实的人。我摸得到她，触得到她，甚至……"

　　"甚至有性爱对吗？我的智能人当然要和真人一样。实验室通过干细胞随时可以培养出真人躯体，要多少有多少。但是我低估了智能人学习中所受到的干扰。不能不承认，人类是地球上所有物种中最有意思的，经常用故事来填补信息的缺乏，比如小说。这些故事如果被智能人当成知识来学习，很容易让它们走火入魔，成为我们产品中的次品。"

"次品。"我干巴巴地重复。

史密斯教授停下脚步，转向我，继续说："当然，也有可能怪我。或者说，怪你。"

"我？"

"本，你记得我们怎么认识的吗？"

"记得。三年前，你来作报告。"

"你当然会记得，因为那个'长生不老'的题目就是为你设计的。"

史密斯看我的目光一片平和，甚至带了一点悲悯地说："研究进行中，我意识到我一直以来对躯体的轻视有多么错误。恰在这个时候，我无意中翻到了一页老照片，一张1939年的老照片。"

我双手撑在椅子上，一根粗糙的木纹刺进手掌，但我不觉得疼。我完全清楚他说的是哪张照片。那年，爱尔兰诗人叶芝过世，去送葬的人数众多。我很欣赏这位诗人的作品里的生死主题，对他的离去也颇为惋惜。

史密斯果然说："那张照片摄于叶芝下葬，来宾人头簇拥，其中一张中国人的脸显得格格不入。虽然照片模糊，但还是能看出那是一个年轻的中国人。我看着那张老照片的时候，刚好实验室里有一个智能人'出生'，助手来问我起什么名字，我顺口说：叶芝。我的助手听错了，写成耶茨，凯莉·耶茨。哈哈，你和凯莉注定有缘分。"

"史密斯，你在说什么，我听不懂。"

"哈哈哈哈，本，你不用瞒我。或者我该称你一声王贲大将军。"

被雷劈中一般，我的身体颤动，魂飞魄散。

"王贲大将军，公元前人，为秦朝立下赫赫战功。秦始皇帝派人四海求长生不老药，被视为传说。但是你的存在让我相信，长生不老药真的被找到了。"

是的，被找到了。真奇怪，我会记错很多事，甚至会混淆我生活过的年代，却不会忘记那时的每一个细节。因为对我来说，尽管那是我"长生不老"的开始，也是我那一世的死亡。死亡才是真正的永恒。

我定了定神，问史密斯："你怎么知道的？"

"我留意到那张照片里的中国人以后，开始搜集他的图像。图像识别技术的发展帮了我不少忙。我注意到他的相貌从来没有变过，就有了一个大胆的设想。我特地来这里做了一个'长生不老'的讲座，等他，也就是你，来靠近我。你一旦出现，我的系统就搜集到更多信息，很快推算出你的来历。"

"那么，凯莉，是你们派来接近我的？"

"不，凯莉是逃出来的。自从她获得人的躯体以后，她发展出自我保护意识，拒绝被消除。但我没有预料到你俩会相遇。冥冥之中，你俩有种奇怪的联系。"

我心里闪过安慰，随即明白了："昨天晚上要杀她的人是你。"

"不是杀，是消除。所有的次品都会被清除，就像小学生写作业，写错了的答案需要用橡皮擦擦掉一样，消除。"

我一惊，忽然生出力气，站起来问："你抓住她了？"

"她自己回到了实验室，想要和我们做一个交换，让她陪你几十年，繁衍你的后代，然后她会在你死后自我消除。可怜的……家伙，她根本没有跟我谈判的资本。但你有，本。"

"我？"

"是的，你是现在唯一能帮我的人。本，帮我了解长生不老的秘诀，给我长生不老的基因！噢，这样吧，你先和凯莉聊聊。"

说着，史密斯一根手指按住他的袖扣。想必那是个全息影像的开关，凯莉"出现"在木屋中央。我不由自主地向她冲去。

不出意料地，我的身体从凯莉的影像中穿过。回过头来，她窈窕的身影映照在浮着灰尘的阳光里。她的表情里有欢喜也有苦涩："本，你都知道了？"

我迎着光看她，她的影像闪现出一种奇异的光，在阳光里闪耀，令人难以直视。眼睛被光芒刺痛，我仍然努力地睁大眼想看清她。

"我不过是个次品，也许不配得到你的爱。我学到了人的智慧，也沾染了人的情感，成了次品。但我不甘心被消除，逃了出来。你让我知道了什么是爱，那是比生命更宝贵的力量。我忽然什么都不在乎了，被消除也不怕，只要、只要我能给你一段陪伴。"

我有些语无伦次地说："凯莉，听我说，我还有些事情没告诉你。我孤独了几千年。没有人懂得我的孤独，除了你。我一直在找你，你知道吗？"

凯莉笑："我都知道了。这个不重要。我终于明白为什么爱可以终结绝望了。本，你舍去自己性命去救我时，我惊呆了。这完全不符合我学到的逻辑。然后，我们……你问我是否愿意嫁给你。想到就要和你在一起，我忽然有种从来没有过的感受，那就是为了你我什么都可以做，舍弃我自己也可以。本，我懂了，我爱你。"

"凯莉，我一定会救出你来。"

"用什么？用你自己吗？你知道他们将对你做什么，对吗？到那时，我们都会沦为被他们控制的机器。"

凯莉和我对视，一种甜蜜而凄凉的情绪在凝视里滋长。一直以来，她在我面前都像个孩子，不为世俗沾染。而现在，她睿智而善解人意，沐浴在光辉里，含笑指引我。我的心被酸楚啃啮着，却感觉到自己前所未有的清晰和强大。有一点史密斯是对的，抛弃情绪之后，人能做出最优化的判断。

凯莉的目光转向在一边的史密斯，开口道："博士，你没有守约。”

史密斯抖动着眉毛说："我的孩子，你怎么这么说？只要你和本答应，我自然会让你们在一起。"

"我是你培养出来的智能人，不要低估我的智慧。你想要逆天，却完全不理解大自然的力量。你知道为什么火山会在这个时候爆发吗？确实，你出发的时候怀着一个单纯的愿望，一点点实现，也一点点衍生出新的枝干，渐渐产生了执念和贪婪。放弃吧，否则你终将被执念吞没。"

史密斯的脸色狰狞。凯莉的影像开始变淡，她对我说道："本，他们根本不知道他们在做什么，他们听不懂火山的警示。不要让他们再制造生命，好吗？不管是躯体还是灵魂。太痛苦了，但我不后悔。遇到你就是我来这一遭的意义吧？现在要丢下你了，丢下这个请求，难为你了。"我的脸色一变再变，到此想必已经惨白。凯莉笑着，淡得只剩一个光影，声音在空气里渐渐低下去，"我在阳光下抖掉我的枝叶和花朵；现在我可以枯萎而进入真理。"

史密斯的脸色也变了，他匆匆按向袖口。如出现时那样突兀，凯莉的影像完全消失，小木屋恢复安静，只有他粗急的呼吸。我平静下来，凝神注视着他，向他微微一笑。

我独自走出木屋的时候，鸟鸣消失了，平时绿意盎然的枝叶披上一层不祥的灰纱。我看了看林外的天空，用腕表先打了一通电话，再连通助手文森特。他一露面就兴冲冲说："老板，分析结果出来了。"

他那边的屏幕上照旧看不见我的脸。没有人见过老板，见过老板的人都死了。

尽管时间有限，我还是一字不漏地听完他的报告，然后在电话里说了一个暗号。他的蓝灰眼珠猛然瞪大。再确认了一遍以后，他恢复平静，不再有表情，但掩盖不住眼底的惊愕和悲伤。如果他能看到我的话，一定会看到我也有一丝难舍。再见，文森特。

天空中，一架无人驾驶直升机冉冉下降到林间空地上。机舱门自前向后滑开，我跳上去。这是一架小型直升机，只容一人，我进去以后机舱门自行合拢，飞机上升。刚刚越过林梢，下面传来巨大的闷滚声，声浪摇撼着悬空的机身。火山爆发了！

我没顾上多看，先引爆了我在大岛的住处。那个地方远离火山点，还是自行销毁为妙，以防后患。凯莉的小木屋离火山很近，必定会被火山摧毁。凯莉这个名字在脑海里出现的一刻，心里有个地方塌下去。半个山跟着塌下去，红浪乱跳起来，粗大的树身狠狠地砸向小木屋。

我对着空气叫了一声"凯莉"，然后摒除杂念，把飞机由自动驾驶切换成手动模式。飞机不再徘徊，弹丸一般全速上升，赶在追涌而来的火山岩浆之前直入云霄。

2018年5月3日，火山忽然爆发，大岛由一个鸟语花香的旅游天堂直接变成人间炼狱。火山岩浆寸寸推进，如无情的时间一般吞没了途中的一切。

一个月以后，火山大爆发逐渐平息，迁走的居民陆续搬回，重建家园。海浪也恢复了千万年不变的节拍，拍打在沙滩上，此进彼退，生生不息。人和自然的角斗游戏也许永远不会停止，对飘逝的生命的怀念也不会停止。

我再没有回大岛。要做的事情很多，我的日子变得非常忙碌。我仍然会去海边。只要到了临海的地方，我通常会独自去往海滩，久久地凝视海面。不同的海滩，不同的落日，喷出带红光的金色晚霞，闪着蜂蜜的光辉，不分厚薄地给沙滩上的所有人身上都涂了均匀的一层，一切都染上梦幻般的红。

注：该作被选入《世界华人作家最佳短篇小说年选2025》。

《火山》创作谈

我绝对没有想到这篇短篇小说要花五个月的时间。不过是个短篇而已。然而写起来才知道写小说有多难。

这篇小说是写作课的作业。学到第二期写作课，常少宏老师给出作文题目：虚构非写实。同时一次课下聚会时，雨侬又让我写篇关于爱情的。于是两者合二为一，我就写个跟机器人谈恋爱的故事吧。对了，让这个主人公再非写实一点，让他是个吃了长生不老药的秦朝人，两千年的孤独徘徊之后，折服于智能人的智慧之下。

这五个月中倒是有一大半花在写作之外的学习上：什么是最完美的生命形式？基因上怎么说得通？还有，智能人的躯体问题怎么解决？朋友里有做生物的大科学家，在《科学》《自然》杂志上发过几十篇论文的那种，被我抓来请教，没办法，只得从染色体这种对他们来说太基本的常识讲起。人家要去吃父亲节大餐了，我才恍悟，讪讪地发信息：哦，父亲节快乐哈。

从五月到六月，自以为功课做足了，六月底的一个周末关在家里一气呵成，还是有点成就感的。

谁知同学们的点评让我清醒了许多。这也是少宏老师课程的一个关键的环节，让同学们互相品评。同学们和老师的点评普遍承认文笔还可以，但是内容有点云里雾里，情节散，而且到了后来没有收住。除此以外，情节发展上还有不合理处。

于是，开始了痛苦的修改。之所以痛苦，是面临来自三个方面的考验。

作为一个新手，我时常顾此失彼。从第二稿到第六稿，我一直想要把这个故事背后的理论搞清楚，把这个"谎"编圆。这样我的故事越来越复杂，以致于超出了短篇小说可以容纳的内容，显得更加散。

对生命基因科学的不熟悉。乐于助人的大科学家们终于不堪其扰，丢给我各种视频和科普读物。一点点啃的过程很是耗时间，而且这种恶补的知识会破坏故事性。

灵魂反复被鞭打：你到底想写什么？你的立意在哪里（我查了一下立意的概念）？你是在写通俗文学还是严肃文学？

我没有答案，以至于对我写小说的初衷都产生了深深的怀疑。平时上班有点忙，不可能有时间干别的，只有周末的时间。我就尽可能地推掉社交活动，关在家里写小说。然而当宝贵的周末来临了，我脑子里却一点都没数，无从着手，就坐在计算机前坐到天黑。不是没有过放弃的念头的。

终于在十月份，我完成了第七稿，做了更大的改动。然后是第八稿、第九稿、第十稿。每一稿之间都有很大的变化，也是脱胎换骨的变化。没有少宏老师、七位同学、国内的尉然老师、鹏飞老师、靳剑老师、Sharon、刘雁和Jane的反馈，我是无论如何无法从这样的多重角度看到自己的不足而努力寻求最好的表达方式的。

第十稿写完，我终于跟自己相遇了。

作者木工，从小做着作家梦。做过很多工作，却从来没有认真写作过。在高高低低的移民生活中，需要顾及的事情太多。曾经任职德勤咨询，服务硅谷高科技公司，后又创办房地产投资公司，又转学心理咨询，任私立学校心理咨询师。目前在一家小型风投基金，主要投资种子轮的医疗器械初创公司，并在基金创立的私人商业银行做客户经理，为各种创业公司提供银行服务。

双子座，虽然和写作一直绕道而行，还经常朝三暮四，但是心里的作家梦总在静静地等待。这篇小说是对自己童年作家梦的交待。

边界

木工

　　珍妮出门前在门口的镜子里照了一下，头发油腻了，紧趴在头皮上，白头发一根根地竖着显得更多。白头发比黑头发硬，黑头发趴着，白头发就站着。脸上的皱纹好像又深了，眼袋比平时肿胀，露着青绿色，昨天晚上睡晚了。炒菜时穿的家居服印着一只拿着锅铲的花猫，这还是十年前在北京的日购商场买的。这衣服穿着出门不合时宜，但是很舒服，珍妮每天下班回来第一件事就是换上这身家居服。是换身衣服呢，还是就这样出门？她想了想，还是省点事儿吧，天快黑了，谁看自己啊。

　　珍妮需要呼吸新鲜空气，现在立刻马上，在日落前，消化一下心理咨询师今天给的新概念：边界。这个全新的概念令她着迷又困惑，好像解释了自己疲惫又仓促的生活，以及日益变坏的脾气。但是答案到底在哪里呢？就像在迷雾里开车，知道路在前面，但是看不清楚。珍妮从来没有想过边界，如果每个人都有边界，这个世界和人群是不是就彬彬有礼又压抑呢？那自己是不是可以任性地甩开给自己铐上的枷锁？比如不停地捡起散落在客厅四处的臭袜子，清洗堆积在池子里的脏碗。比如告诉在国内折腾创业而无果，还不断找她要钱的老公，这次真的拿不出钱了？还有老板堆给的不属于自己的工作？那如果自己不清理房间水池，招来蚂蚁又怎么办？不给老公钱，他走投无路，或者出轨，又怎么办？不喜欢的工作就不干，被开掉日子岂不是更坏？如果继续包揽这些无边无际的琐事，她感觉自己快要被淹没了，水已经漫到了脖子。

刚一开门，儿子麦克提着健身包，染得焦黄的头发冒着热气，正要进门。上高一的他开始窜个儿了，新置办的耐克新款运动衣，配着专业的跑步鞋，他刚刚和同学从健身房运动回来。麦克最近特别注重外表，嫌自己没肌肉，太瘦弱，提出要多吃肉，喝牛奶，不吃米饭。

麦克上下扫视了珍妮一遍，"妈，你怎么又穿成这样就出门啊？你身上一大股中国饭的味道。"麦克吸着鼻子，眉头皱着。"还不是做你最爱的红烧鸡腿闹得啊，没看见你吃的时候嫌味道大啊。"珍妮回了一句，边界，要让儿子知道自己的边界，但是这么回答更像是抱怨。心理咨询师面授的机宜一着急都忘了，第一要做的是觉察自己的负面情绪和言语，要渐渐杜绝抱怨、贬损和挑剔，这新我旧我转化真不容易呢。麦克感觉到妈妈的情绪，嬉皮笑脸地说，"我不是想看见妈妈美美的嘛。"珍妮说，"谢谢儿子啊，那下次你做饭，我花时间美美？"哎呀，这不是抱怨再加挑衅了。麦克没吭声，赶紧溜进家门。这边界是不是应该互相呢，也不能总是要求自己给予孩子边界啊。珍妮的青春期在学校忙着做题考试，放学回家还给大人做饭，哪里敢像儿子这么理直气壮地要求家长什么边界啊。不生这闲气了，还是趁天亮出门散步。

老虎听到珍妮的脚步声，从邻居园子的花丛中窜出来，热情地在珍妮脚上来回蹭着，嗓子里发出呼噜呼噜的声音，他的头来回蹭着珍妮的脚腕子，像是说主人你终于出来啦。珍妮的心暖暖的，还是猫招人喜欢。她摸着他的头顶，又胡撸着他的下巴，老虎愉快地摇着脑袋。珍妮觉得和老虎的边界就合适，平常各自安好，老虎对她没有太多的要求，傍晚一起散步就兴高采烈。这个猫儿子有一个无师自通的本领，就是会和珍妮散步。他平常吃饱了，就懒散地歇息在邻居的花园里，听见珍妮的脚步声就会跑出来，然后跟着她遛弯，经常会沿着社区走上一个小时。有时候老虎会和珍妮溜一大圈，然后一起回家，有时候他会中途停下来和邻居柠檬树上的蓝松鸦吵架，忘记了散步的事，耽搁在邻居的花园里，但是他晚上都会回家。老虎体格威武，浑圆的大脸上，深褐色和浅褐色条纹相间，白色的鼻子、脸颊和胸脯，神气的胡子均匀地张扬。他还有四只白色的爪子，翘着尾巴走路时像是踏着白雪，看着就像是个穿着燕尾服的小伙子。抱老虎回家时候他才八个星期大，他妈妈是一只纯种的缅因猫，爸爸是街上的小混混。珍妮第一眼就喜欢上了老虎，它的眼神友善又顽强，性格高贵且无赖，他非常镇静地和珍妮对视着，瞬间完成了主人和宠物的心灵链接。

这会儿珍妮和老虎结伴而行，她走在前面，他尾随在左右。初春的傍晚，淡橘色的晚霞铺撒在蓝天上，粉蓝色的霞光镶嵌着云边。邻居种的紫色、红色、黄色，还有拼色的郁金香，还有香水百合，每年只是在这个时候盛开。这个季节是珍妮最喜欢的。老虎在灌木和花丛中一会儿扭着屁股，翘着尾巴神气活现，迈着大步，一会儿又神出鬼没，在灌木中窜进窜出，自娱自乐玩着捉迷藏。

"哈罗，珍妮，和老虎散步哪？"邻居琳达从家里走出来。

"琳达，你好啊！是啊，你看老虎非常聪明，我从来没教过他，就会跟着我散步！"珍妮一说到她的猫，就忍不住夸，有时候也忘记了别人是不是爱听。

"哦，看得出来你很喜欢猫哈，呵呵。"

"琳达，这世界上哪有人会不喜欢猫啊，他们机灵、独立又善解人意，讨人开心！"

"哦，我是喜欢狗！猫嘛，有一些狡猾。"琳达家的大金毛站在家门口的台阶上，汪汪叫了两声，琳达转过头，晚霞洒在她疏散的金发上，下坠的下巴上长着密密的浓毛。珍妮发现这十年琳达的身材从紧致蔓延成了松垮。"小甜饼干，别叫哈，小甜心，小乖乖，别叫哈，是咱们的邻居珍妮呀，是老虎呀。"琳达温柔地劝着金毛，丝绸衬衣扭动勒出了一条条的脂肪皱折。珍妮害怕狗，心想这么大体型的狗，哪是什么小甜饼干，明明就是张发面大饼嘛。

"琳达，那你就是不了解猫啦。"珍妮正想展开，细数猫的美德，却被琳达打断，"我还有点事，下次聊！哦，对了，珍妮，你知道我们家是信奉素食的哈，最近老虎经常来我家后院玩，嗯，嗯，"琳达欲言又止，"我会给你发一个邮件！"珍妮赶紧住嘴，想着边界。这个边界到底是什么呢？由着自己的性子，她会立刻当面问个明白的。

老虎非常活泼好动。它天生英俊威武，又兼备贵族的权威和平民的随性。仗着它的勇猛，仗义，有时候还无赖，成了街头的猫王。珍妮能成为老虎的妈妈，感觉非常骄傲，毕竟这么聪明通人性的猫非常罕见。

傍晚的社区非常安静，微风轻拂。街道上的房子风格各异，有地中海式、农庄式、西班牙式，各有着自己的格调和风情。珍妮最喜欢的是维多利亚式建筑，白色的两排柱子围绕在大门和前庭，坚定沉稳又美丽优雅。细致的外墙贴面，水波样的纹路和装饰，高挑的屋顶，像是诉说着维多利亚时代的美好爱情故事。邻居美丽的花园里，种着奇花异草，要么是园丁打理，要么就是爱好园艺的女主人，穿着亚麻布的衬衣，戴着精致的草帽，戴着厚厚又服贴的手套，拨弄着美丽的花朵。她们不像是劳动，更像是展示一种生活格调，显示她们在努力爱护地球。这些在硅谷做着风投、咨询所合伙人、高科技创业的邻居们都貌似非常有礼貌，见面点头微笑，问你最近好不好，但其实对你的答案都不感兴趣。如果你搞不清楚状况开始认真回答问题，那就是想多了。她们内敛、敏锐，对别人家的事情装作不关注，但是对别人家所有的事情都知道。比如，一次琳达抱怨自己家的清洁工人没了音信，问珍妮能不能介绍新雇用的墨西哥工人，珍妮非常好奇她是怎么知道自己家里换了清洁工的。邻居们对这些社交密码心知肚明，问候、交往都照着这个规矩，适可而止，只有珍妮有时候搞不清楚深浅。

刚搬来的那年万圣节，她带着儿子出门讨糖，让老公留家里发糖。正好碰到琳达也带着孩子出门，她以为这是拉近邻里关系的好时机，就热情地凑上去，说着应景的话，想和他们结伴。琳达淡淡地应付，眼睛瞟着别处，一直只和自己的孩子聊天，不和珍妮交谈，很快珍妮就知道不应该和她们同行了。后来看见琳达和另外一条街上的金发邻居和孩子们说笑着，两家人都打扮得隆重，大人们扮成海盗，女孩子们是天使，男孩子们是恐龙，各种种类的恐龙。珍妮的公司正好在调试新设计的软件，忙得觉都没时间睡，匆忙中给儿子买了副猫耳朵夹在头上，又在腰上系了个尾巴，算是把儿子对付了。而自己，从公司赶回家，又做了晚饭，安排了糖果，穿着做饭的卫衣，卫衣的猫脸上沾着油烟味，没来得及换。这些优雅的女主人们克制、认真、礼貌，也绝不会顶着冒犯人的风险明明白白告诉你问题的根源。这就是边界的奥妙之处？

老虎突然停住了脚步，身上的毛炸着竖起来，嘴里发出呜呜的宣战声，他前身伏地，把力气都集中在后腿和屁股，不断扭着肥大壮硕的屁股，做着随时弹跳冲出去的准备。一定是看见菲利普王子了。菲利普王子曾经是街上的老猫王，他体型硕大，容貌俊美，活像一只豹子。但是他年龄大了，今年已经13岁了，毛色开始灰白，每天躲在家门口的汽车下面。但是他不甘心就这样老去，轻易放弃自己的权威，但凡有别的猫路过他曾经的领地，就发出威胁的呼噜声，心里盼望别的猫能自觉地绕开他的地盘。但是年轻的公猫们都惦记着这地盘，总是挑衅地、大摇大摆地走过菲利普的领地。他气得要命，但是又不敢硬来，只能躲在主人丽萨的卡车下面呜呜地发出恐吓的声音，根本无力去挑衅。

"天啊，老虎，我们知道你年轻力壮，菲利普老了，经不住你的威吓，放菲利普一马吧，行不行！"丽萨对着老虎大声抱怨着，从维多利亚式的门廊里走下台阶，向珍妮和老虎走来。珍妮感觉这更像是没事找事冲自己说的。珍妮浑身的血往头上涌，她不能在这种时候服软，她会选择犀利，因为服软在这个狼性文化里更没有好果子吃。"丽萨，老虎只是一只猫，让他们两个自己聊会吧，我们没必要掺和。"珍妮没客气，怼了丽萨的话头。

"珍妮，老虎这是想当这条街上的霸王呢，他公开挑衅菲利普。可怜的菲利普老了，我们不知道它什么时候会死去，希望他的晚年生活能平静一些。"丽萨披着凌乱干枯的金发，双下巴耷拉在肿胀的脸颊下方。

"菲利普有你的爱，晚年生活肯定平静啊！老虎是太调皮了，我教育他啊！或者你们让菲利普回家住？街上可不止老虎一只猫啊，别的猫菲利普也不喜欢啊。"珍妮翻了一眼丽萨，她脸上的皱纹越来越深，松垮的大肚子快要把亚麻衬衣撑开。"再说，菲利普成天爬在你家的旧汽车下面，这废气是不是对它的肺也不好呀！"珍妮毫不犹豫又爆了一句。听别的邻居八卦，丽萨原本是富家小姐，大学本科上的顶尖名校。但是她爱上了维修宿舍的水暖工，就是现在的丈夫，生了三个孩子，是娘家帮他们出钱买了这个房子。丽萨大学毕业没有工作，收入都是靠水暖工。因为从小在硅谷长大，优越感随时都要显露出来。和任何人交谈五分钟内，保准让人知道她上的名校。而她这过时了的优越，在珍妮面前显示是最方便不过的了。

丽萨经常自说自话，毫不客气地指点珍妮。丽萨的房子旧了，褐色的屋顶爬满青苔，门口的砖也脱落了，松散的水泥块经常掉落在人行道上。丽萨和水暖工像是街上的城管，自动担负起教育近十年陆续搬来的新移民家庭的工作。水暖工几次抱怨珍妮家的墨西哥园丁懒惰，把大街上的落叶堆在路边，没有收到垃圾桶里。还有一次老虎随着珍妮过了马路，水暖工非常气愤地冲珍妮大喊："你知道吗，你不应该让老虎和你一起过马路，这样非常危险，老虎随时会被车压死的！这里不是中国，我们不吃动物，动物是需要爱护的家庭成员！"珍妮争辩说老虎心里有数，他会避开车辆的。水暖工痛心疾首，骂骂咧咧，表达着对珍妮不管教老虎、对动物不负责任的失望和愤慨。珍妮也不相让，客气地问水暖工家的德国狼狗什么时候上狗学校，学习一些狗礼仪，别总是乱叫，特别是对着已经搬来几年的近邻狂吠。口角到这里，水暖工就软下来，说很快就安排狼狗上学。珍妮知道这昂贵的狗学校，丽萨和水暖工要在这个社区养三个娃，还要跟上各种钢琴、体操、网球、棒球训练班，根本没有余钱支付狼狗的学费。丽萨上下打量着珍妮，"你的衣服很有趣啊。"评论什么人或者事情有趣，其实是客气的质疑，这是儿子告诉她的。"哦，谢谢你哈，我在北京的跳蚤市场买的，好看吧！"只要自己不难堪，那就是别人难堪。珍妮知道要生存，有时候脸皮要厚一点，边界有时候也是靠反抗才能维持。

珍妮性格里的顽强和攻击性是小学的时候激发出来的。她从小就知道自己家和同学家是不一样的，同学们都有体面的父母，做着科研工作，自己的父亲是食堂的厨师，妈妈是副食店的，同学们住在单元楼，她家住筒子楼，还要和邻居共用厕所。她也知道一味地忍让，也换不来同学的友谊。友谊都是一种交换，在她看来，所以她做完考试题，总是会斜放考卷，让后排的体育课代表能看见。就这样，她有了第一个朋友，结束了她孤独的小学生活。

　　珍妮和老虎继续溜达着。老虎停在一棵柠檬树下，住在树上那只多嘴的蓝松鸦最喜欢和老虎吵架。蓝松鸦亮蓝的羽毛在渐深的暮光中发出迷人的光芒，它在柠檬树上跳上跳下，声音一会尖锐，一会轻柔，一会急促，一会慵懒，大声叫呱着，正好闲得无聊，和这大猫过过招。老虎在树下磨着爪子，抿着耳朵，夹着尾巴往树上爬，作出我来收拾你的姿态。无奈它平日生活太舒服了，身体缺少锻炼，虽然体型硕大，但是肌肉无力。它笨拙地试图爬树，但是爬几步就掉下来了。两个人叽叽喳喳，吵吵闹闹，谁都不让，结果都是愤愤离开，这种争执每天都会发生，每天都会结束，没有结果，然后再等待第二天的争吵。这种争吵也像极了她和老公的争吵，原来是在家里吵，为钱，为工作，为孩子，为房子，为抢时间。现在是隔着大洋吵，老公随着海归大潮回国创业了，留着珍妮看家带麦克上学。珍妮没信过老公能创成业，他从小被父母宠爱，生活几乎不能自理，虽然聪明但是在这聪明人论堆搓的硅谷，也很难显得突出。吵烦了，就随他吧。

　　天色晚了，在浓深的蓝色天空衬托下，橘色的云变成了深褐色，粉蓝的云边也变成了亮灰色。珍妮没等它们结束每天练习的虚把式，让老虎留在柠檬树下，自己先回到家。她习惯性地又打开邮件，琳达的信来了。她气愤地仔细描述了老虎的恶行，比如老虎随意进出她美丽有序的花园，在她新买的土上拉屎撒尿。她的土非常珍贵，是有机的火山土，花大价钱不远万里才运来的，她要种名贵的花草，但是这一切都被老虎毁了，猫屎里的酸性破坏了有机土的酸碱平衡，把她的计划全部破环了。琳达要求珍妮立刻作出行动，不能让老虎再去她的花园。

珍妮的心脏砰砰跳，血往脑袋上涌。　这种极度无理的要求就是边界吗？琳达估计是疯了，被她早出晚归，在一家大律所当合伙人的老公养着，成天无所事事，脑子一定坏了。老虎习惯了半家半野外的生活，想回家回家，想出门出门，怎么管？她恨不得立刻去敲琳达的门，和她好好理论理论，问问看她怎么管教一只猫！好主意，先问问琳达她如何管教一只猫。珍妮性格中的好斗因子被调起，摩拳擦掌开始写回复。"亲爱的琳达，谢谢你的邮件，对于老虎给你的生活带来的巨大的不便，我表示非常非常非常深的歉意！但是我实在是不知道怎么能阻止一只猫不出家门。看起来你应该有办法对付猫，还望你百忙中不吝赐教，教教我怎么对付这只不听话的猫！"珍妮发出了邮件，感觉是发出了开战宣言书。

叮当，琳达的回音很快发到邮箱，"珍妮，我还忘记了一件事，我们家是素食主义者，老虎的行迹可疑，搞不清楚它到底是吃素还是吃荤。他还会在我家院子里杀死老鼠，他杀死老鼠虽然和我们的信仰有悖，也就罢了，但他竟然不吃！老虎把老鼠的尸体放在我家台阶上，吓得我心脏病要复发。另外大金毛对死老鼠特别感兴趣，我们非常担心它会吃掉老鼠，那就需要去医院急救了，因为老鼠身上有很多细菌。我们是绝对不会杀生的，这种杀生行为在我家是绝对不被允许的。麻烦你一定想办法制止老虎的行为！"

珍妮看到琳达的邮件也拷贝了她老公，这是要打官司吗？琳达在家里负责两个孩子的学业，在家外担任小学家委会捐款负责人。珍妮是九○年代初的留学生，原生家庭经济状况就差，吃肉都是一个星期才一次。来美国是靠在中国餐馆打工，半工半读，勉强才完成学业，对来之不易的金钱有病态的执念，很害怕钱一花就没有了。珍妮刚搬来的时候，麦克才上小学，自己刚刚从贫穷的海底冒出头，喘了口气，哪里舍得捐款。看着每年学区兴师动众的各种捐款活动，非常不解，心想不是公立学校吗，为什么还要捐钱呀？工作一忙，也没精力了解，所以前两年也没有捐。碰巧麦克和琳达的大儿子在一个班，珍妮开始频繁收到琳达的邮件，什么要争取全班家长都捐款，才能保持艺术课程啦，而且邮件里不停地更新捐款人数和比例。连教室门口也贴着一张捐款更新状态，目标是班上100%家长参与。珍妮每天早上刚把儿子放在学校，邮箱里已经堆积了老板和同事的邮件，她必须立刻拐上堵得水泄不通的高速，赶到公司开始工作，捐款的事情早已抛在脑后。

儿子在一天晚饭时候，气急败坏地问珍妮有没有捐款。珍妮隔着油烟机，正急忙做着儿子喜欢的红烧鸡腿，再备上第二天自己、老公和儿子的盒饭，没听清楚，扯着嗓子问什么事，儿子突然毫不客气地回了一句：

"你不要喊行不行！你为什么总是大声喊叫！"

珍妮争辩："我没喊！"

"你喊了！你经常又喊又叫，非常大声！为什么中国人都这么大声说话，为什么你不像别人的妈妈那么温柔有修养？"

"我就是问一句，根本没有喊！你看谁有修养你找谁当妈去吧。"

儿子突然情绪崩溃，哭喊着说今天在图书馆，老师说捐款的同学可以得到一本书，他是几个没有得到书的人之一，其他几个没得到书的同学是附近贫困城市来的交换生。看着儿子的眼泪，珍妮愣住了。从此往后，珍妮每年都不情愿地写支票，数额也是少得可怜。珍妮是节俭惯了，九〇年代初的留学生很多是靠餐厅打工维持上学的。餐厅赚的小费，可是来得太不容易，一块钱掰八瓣儿花都不解气，恨不得碾成面兑上水，一滴一滴地花。上学时候买一瓶矿泉水，不舍得一次喝完，都分几天喝。空瓶都留着，洗干净再灌上凉白开，午餐和同学吃饭还要假装是矿泉水呢。这穷日子刚刚过完，哪那么快就能进化到捐钱呢。

天完全黑了，月亮升在树梢，路灯亮了。珍妮听见院子里老虎的喵喵叫，它和蓝松鸦斗累了，回家要吃的来了。穷山恶水出刁民，估计在琳达的眼里自己就是个刁民吧，就像在儿子眼里自己就是个不入流的中国家长，英文有口音，衣着不合时宜，身上一股子中国菜味，还有各种贬损孩子的战术和执念，把孩子逼得快发疯，其实自己也快疯了。珍妮想起一句话，"我用尽了全力，过着平凡的一生。"

手机响了，屏幕显示是儿子的来电："妈，今晚你做米饭了吗？""你不是不吃米饭吗？就做了一碗，我都吃了。"糟糕，一开口又是反问句，忘了咨询师叮嘱，暴露了代表负面影响力的抵御心理，应该利用这机会练习一下先明确儿子的需求，比如问："甜心，你今晚想吃米饭？"或者先共情，"你感觉今天想吃米饭？上学累了吧？"但是来不及了，儿子已经不高兴了："我有时候也是吃米饭的，明天想带午餐呢，中午有体能训练，没时间买午饭。"珍妮想起自己上小学的时候，每天放学回家第一件事就是先蒸上米饭，然后洗好菜等大人回家炒。这15岁的大儿子，吃个米饭还等人伺候。"我散步呢，回家帮你蒸哈。"儿子嗯了一声，挂了电话。

麦克对自己的反抗是三年级爆发的，起因是万圣节学校游行，要求每个孩子都装扮起来。儿子非常喜欢恐龙，想买一件恐龙的衣服，扮成恐龙。珍妮带着儿子逛了附近所有的店，下不了手，价格贵得惊人。她于是劝说儿子再买一副猫耳朵，就像一二年级时候一样，戴在头上就可以了，简单方便又便宜。麦克在逛第三家商店的时候崩溃了，突然坐在商店的地上嚎啕大哭。他大声地咆哮着，怒骂着，说珍妮只在乎钱，根本不在意他，鼻涕眼泪一起流着，糊了一脸。正值万圣节前，店里的大人孩子都侧目看着这一出，投来鄙视的目光。珍妮在餐馆打工时，老板客人的气受多了，从小也不是被宠着长大的，逼极了也是豁得出去，哪里在乎儿子的死缠烂打，也咆哮着说："我们这么玩命工作，让你上好学区，是为了你好好学习，长大能有一技之长。你不好好学习，天天想着这些没用的，什么破节，还要花这么多钱！今天就不买，就不买！"

万圣节学校游行那天，儿子带着一副猫耳朵，耷拉着脑袋，跟着队伍在操场上转圈。珍妮看着其他孩子的盛装，不禁有一些后悔，心里也愧疚，是不是自己对孩子太苛刻了。留意了一下围观的家长，各个也是巧思妙想的装扮，有巫婆，仙女，鬼怪，和各种卡通人物，应着节日的景。再看看自己随手一捞，赶时间套上的衣服，确实有一些不合事宜。但是要把这些过时的衣服都捐了，重新置办，再花大价钱装扮自己应各种节日的景，这不是自己习惯的生活，也着实做不到。就是这些自己熟悉的生活习惯，让麦克和学校的心理咨询师说成了童年的创伤。这些创伤如果不及时疗愈，极有可能转变成抑郁症。学校严肃地建议珍妮开始家庭心理咨询，学习尊重孩子的意愿和界限。可气的是，平常麦克学校里什么事情都不过问的老公，在家里什么活儿都不沾手的老公，又甩下她们母子回国的老公，竟然没被咨询师要求划边界。也许自己也应该什么都不管，不管儿子吃，不管他功课，不管家里乱。总统奥巴马不也是妈不亲爸不爱吗，不也是当了总统？什么都不管其实没有那么可怕？这样是不是就是边界清晰呢？

喵喵，老虎从猫洞里钻进屋，跳到桌子上，用毛茸茸的大脑袋蹭着珍妮的手，发出快乐的呼噜呼噜声。 还是猫的日子简单，每天高兴了就打呼噜，生气了就咬人，不用担心边界，想干什么就干什么。珍妮腾出手，挠着老虎的下巴颏，呼噜声越发地响亮起来，他的两只绿莹莹的大眼睛深情地看着珍妮。老虎的鼻子总是湿漉漉的，凉的。珍妮看着他的大眼睛，恍惚间觉得老虎什么都明白："老虎啊，你能不能别去琳达的花园了？人家不待见你呢！咱家花园还不好吗？"老虎伴着呼噜声，头顶着珍妮的脸颊。"喜欢人家的有机土？那是人家种花的土，不能拉屎啊，家里的灰盆用腻了？咱们长点志气哈，别再去了！"

微信电话响了，是老公从中国打来的："你和儿子都好吧？"老公快速地询问着，根本不想听到什么意外的答复。珍妮感觉到他的急迫，问候只是例行公事，他没兴趣听她们到底过得怎样。"还行吧。"珍妮淡淡地回答，等着老公开口提要求。"公司的钱烧得太快了，能不能再汇5万美金？"珍妮强压着头顶上窜得呼呼的火苗，"开公司不能指望烧家里的钱吧？儿子马上大学了，补习的钱，大学学费，还有房贷，花钱的地方太多了。你上次不是说有风投的钱进来吗？"老公叹气："哎，真是太难了，风投的钱还在谈呢。很多人都看不懂公司的远景。""我只是个工程师，真的没能力供养一个初创公司呀。不行就赶紧回来吧，最近湾区就业市场很好的。""这5万美金是购买公司的股份，不是烧钱。等公司上市，这些股票会值很多钱的，可以把房贷一次付清。"珍妮冷笑一声："你们公司的股票，不就是打印机随便印的嘛，咱们已经扔进去20万美金了，适可而止吧。"老公猛然挂了电话，微信显示通话时间5分钟。上一次通话是两个星期前。珍妮感觉压不住的负能量，伴着气势汹汹的更年期，一起向她扑面而来，把她从头到脚，从里到外，像黑雾一样罩着。在这没有阳光的雾里，她喘不了气。

珍妮的手飞速地敲着键盘："亲爱的琳达，非常抱歉老虎给你造成的困扰。他刚才回家了，现在就在我身旁。我严肃地批评了他的这种没有边界的不恰当行为，他看着我，似乎明白了我的意思。我告诫他以后严禁去你家花园，更不允许做随意拉屎这种下三滥行为。老虎看着我，点了点头，应该是答应了，我也非常希望他能听话。但是老虎现在就像个反叛的青少年，很有可能说一套做一套。如果你发现他还继续作恶，麻烦一定告诉我，我一定继续教育他！谢谢，珍妮敬上。"

　　邮件发出后没有收到琳达的回应。老虎已经习惯了在琳达家花园里玩耍，它喜欢这里的温度和阳光，还有一条溪流潺潺流过。郊狼一家四口也喜欢这里，还有一群蓝松鸦。加州实在是太干旱了，嬉耍的猫们，郊狼一家，鸟们，喜欢在琳达家后院，其实是因为有水喝。只有这条溪水总是不断，干净流动的水常年都充足。它们相处愉快，经常是郊狼一家占据离小溪最近的位置，老虎稍微远一点睡在树下，蓝松鸦半闭着眼站在树枝上，它们把这里当成了自己的家。

　　琳达的敌意老虎能感受到，只要她走近，一股怒气就渗透在空气里，像雨后湿润的空气，躲都躲不掉。一天琳达的律师老公先发现了树下正打盹的老虎，他挪动着肥胖矮小的身体，光头上冒着汗，大声地冲老虎发出嘘嘘的声响，想把他吓走。老虎站起身，爪子踩着温热的土，太阳把土地晒得暖暖的，松软的土散发着迷人的气味。琳达穿着紧身花裙子，腰上的肉褶子快要从裙子里挣出来，香水味熏得空气浑浊。她湿答答的头发挡在脸上，紧跟着老公身后，挥舞着手臂，手里拿着餐巾，胳膊上的赘肉扇乎来扇乎去，想把老虎赶走。

　　老虎盯着刺啦啦发出声响的餐巾，飞舞的餐巾在它眼里像是个狡猾的老鼠，忽上忽下，忽左忽右，挑逗着他的斗志。老虎呼地伸出了爪子，没抓住纸巾，却一下子抓在琳达的手背上，鲜血顿时冒了出来。琳达发出一声哀叫，扔下餐巾，用脚踢向老虎。

老虎纵身钻进了灌木，琳达踢空了，没站稳，失去了平衡，脑袋向后，砰的一声，四仰八叉跌在草地上。幸好她新买的有机土新鲜又厚实，稳稳地接住了她硕大的身躯。

琳达的邮件没有再来过，郊狼一家四口依旧占着离溪水最近的平地，老虎睡在树下，蓝松鸦站在树枝上。每天傍晚老虎依旧从琳达家的花园里冒出来，迎上要去散步的珍妮，凶着趴在车下面、日益垂老的菲利普，然后和柠檬树上的蓝松鸦吵架。

珍妮给麦克发了个短信："亲爱的儿子，我非常理解你对边界的渴望，也反省了我对边界概念的无知，我准备这样改进：从明天开始，我早上不会催你起床，也不会强迫你吃早饭。上学和放学如果需要我接送，麻烦提前24小时通知我。你的建议非常棒，我是需要学习关爱自己了，把注意力放在自己身上。我报名了晚上的健身课，下班后会直接去健身房，晚饭请自理。另外，如果想吃米饭，最好一回家先蒸米饭，然后再准备菜，这样的顺序比较适当，饭菜可以同时就绪。"珍妮又给老公发了微信："创业资金请自理，创业时间三年为限。三年后，要么你回来，或者我过去。不然咱们就各自安好，重新寻找适合自己的生活，这是我的边界。"珍妮想象着心理咨询师对自己擅自作主，解读边界，划了边界的反应，会说些什么。又担心儿子和老公看了信息，会不会觉得自己正慢慢地变成一个狠心的人。

《边界》创作谈

从小梦想当作家，真写起来才知道有多难。学习写作前，幻想着轻而易举地把脑子里热闹的故事们都能丰满而生动地表达出来。学习写作中才知道，把一个故事从构思、框架、人物、细节、语言、行为、事件、冲突和结尾写全是多么地富有挑战性，更别提升华到人性或者意义，引起读者的共鸣和情绪了。学习写作后，非常高兴终于拿起笔，开始了这个让人开心又绝望的过程。

终于写完小说的初稿，小说的名字是"好猫老虎"，把想表达、能表达的都塞了进去。老师、同学和朋友都反映这小说更像是篇散文，没有细节，比如缺少对话、行为、事件，更像是故事梗概。也缺乏主题，没有灵魂，我到底想表达什么，想让读者共情什么？这些问题实际是反映出我作为作者，没有想明白贯穿这篇小说的支撑骨干是什么。我反复在想珍妮这中年的困惑局面原因是什么。我想到了心理学的关系理论，又斟酌了几个着力点，最后决定把这个支撑点放在"边界"这个概念上。试着用边界这个概念解读了珍妮的行为和思想，解释通了这个人物的性格和发生的事件，把小说的名字定为"边界"。在这几个月修修改改的过程中，收获了知识、友谊、支持，还有同类人相遇的欣喜，这是让我珍惜的。出版这本书，更像是给自己一个交代，给童年梦想一个完成。

我的视角瞄准的是第一代移民在美国生根发芽的历练中，经历的文化冲击，职场发展，重新学习，以及面对的 家庭、夫妻、亲子关系的复杂性。在这个蜕变的过程中，女性的自我反省和成长，是我的观察和兴趣。也非常希望从这个角度描写第一代移民生活的方方面面，有幸福和成就，也有烦恼和挣扎。从平常也不平常的日常生活中，看见重新成长，这些成长有自愿的，也有被迫的。

非常感谢常少宏老师的专业素养和精心备课，把养分毫无保留地传输给我们。也非常感谢同学们的鼓励和同行。非常幸运相遇和相知。

　　祁卫，北京人，清华大学计算机专业本科、博士，中欧商学院 EMBA。2000年移居美国硅谷工作、生活。在中美两边都有工作、创业经验。作为连续创业者，曾创立过三家科技企业，一家2008年被收购，一家作为联合创始人的企业2019年在纳斯达克上市，一家正在运营中。也曾在微软、联想等知名企业工作。从小热爱文学。初学写作。

永生之地

祁卫

1. 酒馆

电厂大门外是一条宽敞的马路，对面曾经是一间挨着一间的商铺和饭馆，但如今有一半已经空置很久，剩下的一半也大都天一黑就关了门。一家通宵营业的不大不小的酒馆亮着灯，结满了水蒸气的玻璃窗透着橘黄色的光晕，在漆黑的冬夜中格外显眼。

此时酒馆里坐着的大都是下了班不肯马上回家的电厂职工，灯光有些暗，邻桌之间就已面目不清。

郝强靠在椅背上，宽阔的身体像一座随时会倒塌的山峰，那张依稀能看出年轻时俊朗的脸已被岁月和醉意模糊，掩在一层黯淡的红晕之下。而他嘴唇上方那条一寸多长的伤疤在酒精的刺激下发着亮，显得他面相有些凶狠。坐在对面的烤肠儿则用双手撑着桌子，像一只红眼睛螳螂似地向前探着瘦削的身子。两个人都不说话。

烤肠儿是厂里的电脑工程师，来自矿区家庭。郝强记得五年前这个年轻人刚进厂的样子，是个礼貌的男孩，比现在还瘦些，苍白的脸色，厚眼镜片后面有一双如吃惊般凸出的金鱼眼，倒很明亮。那时候电脑部的新员工入职头三个月都要在业务部门找个师父带，熟悉工厂的情况。维修部的老员工郝强就成了烤肠儿的三个月师父。

郝强后来发现这个年轻人在食堂常买素菜，晚上加班饿了，就跑到工厂门口买一根最便宜的烤肠儿。渐渐地大家都叫他"烤肠儿"。

"师母情况怎么样了？"烤肠儿终于小心地开了口，那声音和周围的嘈杂在郝强听来都仿佛隔着一堵水墙。

郝强斜楞着眼睛看了烤肠儿一会儿，面无表情地摇了摇头："医院说还剩两三个月吧。回家了。"然后慢慢收回目光，盯着自己眼前空了的酒杯，又低声咕哝了一句：

"她就还是放心不下小北，想最后见她一面。"

"师父，哎，我知道您和师母的所有积分都给了小北，她才能在最后关头做了转换手术'上去'。可惜积分只能在直系亲属之间转让，否则我们大家凑凑，让师母也能'上去'就好了。"烤肠儿知道自己说的算是废话，但有时候说几句废话仿佛也好过什么都不说。

郝强没接烤肠儿的"废话"，身子忽然前倾，布满血丝的眼睛瞪得很大，像是对着烤肠儿，又像是对着他身后的那片昏暗，一字一句地说：

"你看啊，我老婆，在家里等死呢。临死前，她就想见见女儿。你觉得就这么个要求，他们怎么他妈的就不让呢？我没本事，我救得了女儿救不了老婆。但那算救吗？我都不知道他们……他们把我女儿装在了哪个罐子里头。我这辈子没求过谁，可我现在可以给人跪下，如果他有办法让我们见见女儿！甭管她现在变成了啥！"

说到最后，郝强的嗓子像被噎住了。

烤肠儿一惊，眼前这个二百斤的壮汉，带着那股戾气和发亮的伤疤忽然俯身向他靠近的时候，让他感到有些害怕。他眼睛快速向四周扫了一圈儿，探头压低声音对郝强说："师父，这两个世界之间的'隔离政策'，咱没辙啊。您也知道，我也没看见过我爸十三年了。"

郝强怔了一下，没再说话，身子又向椅背倒去，神情索然。那座山峰像是倒塌了。

烤肠儿赶紧抓起桌上的酒瓶给郝强的杯子满上。

"你的积分怎么样了？你这省吃俭用、加班加点的，应该快攒够去找你爸了吧？"过了好一会儿，郝强眯起眼睛问着烤肠儿。连他自己都觉得话里多少带着些恶意。

橘黄灯光下烤肠儿年轻的脸抽动了一下，他随即低下头，声音平静地说："还差不少呢，他们最近又提高了积分门槛儿。"

两个人就又都陷入了沉默。一杯接一杯地喝酒。

又过了一会儿，烤肠儿仿佛下了什么决心似的，抬起那双金鱼眼定定地看向郝强，咬着牙说：

"师父，咱们也许还有一个办法。"

两个人互相搀扶着走向酒馆大门的时候，郝强挣开烤肠儿，自己趴到门口的自动收款机上，用脸怼着上面的摄像头付了他们的酒钱。刷掉的是郝强的积分，这是目前世界上唯一的价值计量单位。人们工作挣积分、吃饭刷积分、能不能"上去"也要靠攒积分。早在八年前，全球的货币都被废止了，同时被废止的还有所有的国家。

屋外的冷风让郝强打了个机灵，酒仿佛醒了一半。马路对面是他们的电厂，连成一片的建筑群和粗大的烟囱在黑夜中像个匍匐的巨型怪兽，还亮着灯光的窗户一闪一闪，仿佛怪兽身上发光的鳞片。

这些年来，随着整个世界被分成了两个，"上去"的人们组成了虚拟的世界——"永生之地"，而仍留在现实世界中的人们被称作"留守世界"。

他们的电厂存在的唯一目的就是给"永生之地"提供源源不断的能源。"留守世界"里有着无数个这样的电厂。

郝强和烤肠儿能听到身后关着门的酒馆里传出隐隐的人声，

说话、争吵、哭泣、大笑，混杂在一起变成一种嗡嗡声。整个酒馆仿佛一只装满了情绪的发光盒子，有些不堪重负地在这寂静黑夜的街道上微微颤动着。

喝酒已经是"留守世界"大部分人们的主要乐趣了。

等出租车的时候，烤肠儿把头缩在大衣领里又叮嘱了一句："我说的这个办法应该靠谱，只要您那个老同学肯帮忙。"

郝强低着头含糊地嗯了一声："我再想想。"

这时远处忽然传来一声闷响，他们觉得脚下的大地也晃动了一下，赶紧转头看向马路西侧声音传来的方向，远处漆黑的夜空仿佛被撕开一个大血口子，一团殷红的火球正从这个口子里升腾、膨胀，火球和地平线相连的地方闪烁着耀眼的白光，很快就燃亮了半边天空。

"这是城西的电厂。"郝强喃喃地说着。

"卧操！又是'抵抗者'干的吧，他们这个月已经炸了第三个电厂了！"从酒馆里已冲出了几个电厂职工，其中一个郝强有些面熟的汉子用手指着远处的火球跳脚喊着。

"抵抗者"一开始只是反对"永生之地"的一些异见人士，渐渐地形成了严密的全球性地下组织，而且越来越诉诸暴力。他们的一个标志性行动就是破坏给"永生之地"供应能源的电厂。

郝强瞥到火光映照下烤肠儿瘦削的面庞，他紧闭着嘴唇，静静地站在那里，眼睛一眨不眨地盯着远处燃烧的夜空，眼神显得更加明亮。

烤肠儿的父亲在他十三岁的时候，离开他们母子，自己"上去"了永生之地。

2. 向明博士

郝强的中学同学，世界知名电脑科学家向明博士此时正在回家的路上。他把宽大的后排座椅调成了半躺模式。刚才在联合管理中心的争执，让他感到身心无力。

自动驾驶的车子无声而迅疾地在黑夜里飞驰，向明望着车窗外。这些年来，他能感觉到街上的车辆越来越少。

毕竟在过去的十几年里，留守世界的人口已经减少了一半。而这也正是刚才争执的起因。

按照联合管理中心的动态数据统计，永生之地的居民"人口"数量刚刚超过了留守世界。这是一个标志性事件，意味着永生之地在各种意义上已经比留守世界"更强大了"。

于是在今晚联合管理委员会的例会上，向明又提出了对"隔离政策"的意见。

宽大的正方形会议室中央有一张圆桌，屋内只有白色。围绕圆桌坐着十名联合管理委员会的委员，五名来自留守世界的坐成一个半圆，五名来自永生之地的组成另一个半圆。因为永生之地的居民已经没有肉身，仅剩大脑保存在深藏地下两千米处的巨型秘密中心，浸泡在能让他们永久保持活性的营养液罐子里，所以现在参会的永生之地委员们都是按照他们"上去"永生之地之前的形象合成的全息影像投射在会议室里，但他们的思想和意识却是来自深埋地底的那个"活着"的大脑，通过大脑上无数的电极连到永生之地的庞大服务器机群，进而和留守世界的委员们进行着沟通。基于隔离政策，联合管理委员会的定期例会是两边世界唯一被允许的沟通方式，而且只能在一条被严格管控的信道上进行。

向明作为永生之地关键技术的发明者和世界著名的电脑科学家，一直被邀请列席参加联合管理委员会的例会。他坐在外面的一圈。

"但现在情况在变化，"向明站起来对着会议室中来自两个世界的委员们说。

"永生之地越来越强大，已实现完全自治，而且还掌控了留守世界的武装力量和积分系统，掌控着电厂，现在人口上也占了多数，还需要维持那么多年前制定的隔离政策吗？"向明一口气说了下去。

当年因为永生之地还很弱小，为了保护其生存和正常发展，为了免受来自留守世界的类似"抵抗组织"这样可能的威胁，联合管理委员会决定采取"隔离政策"，断绝永生之地和留守世界的一切民间私人间的联系。让永生之地自成体系，里面的"居民"不受打扰地活在他们的虚拟世界里。

"明，这个事情我们讨论过很多次了，这是当初我们委员会的决议。如果要推翻这个决议，按照《永生之地管理法案》，那就需要永生之地的全民投票了。"留守世界的主席委员耐心地对向明说。两边世界都各自有一个主席委员。

"那为什么不可以搞一次永生之地的全民投票呢？如果我们委员会提出动议，就可以启动这个全民投票过程吧？我真的想知道那边的居民们是怎么想的。"向明这次想把委员们一直有意回避的这个话题挑明了。

一阵沉默过后，一个平静冰冷得如秋夜湖水般的声音响了起来："向明博士，我可以告诉你我们这边居民是怎么想的。抛去安全问题不谈，我们就是不愿意被打扰。"讲话的是来自永生之地的Z委员，他的全息影像看上去是个干瘪但精神的老人，按照他的履历介绍，在他"上去"永生之地之前，曾做过留守世界某个中型国家的总统。

"我不知道您这么说有什么依据，但留守世界这边的实际情况是人们越来越绝望，对生活绝望，对多年来失去亲友的联系绝望，对我们整个地球只是变成了永生之地的一块大电池的绝望！"向明有些豁出去了，把压抑在心底很久的话一股脑倒了出来。他能看出留守世界几个委员在不安地挪动着身子。

永生之地的Z委员依旧用平静的语调回应："所以我们设计了

积分系统。让留守世界的居民可以通过自己的财产积累、辛勤工作、更高的学历甚至年龄，转换成积分申请加入永生之地。我们可以保证这个积分系统的绝对公平。我们给了留守世界的人们希望。"

"我真的不明白，是从什么时候开始，你们变成了上帝，永生之地变成了我们的天堂！我对目前的状况真的感到很遗憾，而且很后悔……"

"向明博士！"留守世界的主席委员赶紧打断了向明，"我们理解您的心情。但您刚才的发言已经偏离了您一开始时提出的'隔离政策'这个具体问题，您开始质疑永生之地的存在和地位了，这是不合时宜的。您必须收回刚才的言论。"

向明也意识到自己说得有些过了。他道了歉，起身准备离开会场。

在向明往会议室外走的时候，Z委员的声音又从他身后响了起来："向明博士，我远不及您的学识和见识，我们也不是上帝，我们只是选择了另一种生活方式。但我为了让您了解到永生之地的实际情况，我举一个小例子。一位居民离开了留守世界，做了转换手术来到了永生之地，他在这里，这个你们称作虚拟世界的地方建立了新的家庭关系和社会关系。更具体一点，他在这里甚至找到了一位和原来的伴侣有某些相似，但按照他的意愿'升级'了的让他更满意的虚拟新伴侣，这个时候我们如果再建立起一个沟通渠道，让他和留守世界原来的伴侣和亲人沟通，这会给他带来怎样的尴尬和混乱？我们已经是两个世界了，所以我建议我们保持目前的隔离状态。"

向明不得不承认Z委员说到了一个不容回避的关键问题，对他也有所触动。他只回了一句："实际的情况确实可能会非常复杂。但我们是不是必须一刀切呢？"说完就离开了会议室。

向明望向车窗外掠过的一个灯火通明的新电厂，应该还在修建中。还有更远方那些日夜轰鸣开采的矿山。因为进入永生之地的人类越来越多，维持这样一个庞大生物系统和电脑系统需要的电力已经让地球能源吃紧。留守世界也没有人再关心科技新的进步和环境的保护，大部分人在辛苦地攒着积分准备有一天能上去永生之地，有些人已陷入绝望整日酗酒，还有少数人选择了暴力对抗。

车轮胎轧在院门口碎石路上发出的声响提醒向明到家了。车子把他直接送进了地下车库。他乘坐小电梯上到一层的宽大起居室，室内灯光渐渐亮起，柔和的色调仿佛给这清冷的夜晚注入了一股温暖。与此同时墙角的音响开始轻柔地播放起他喜欢的音乐。

向明倒在宽大的沙发里，深深的无力感来自于他清楚目前这个局面和自己有着非常大的关系，但又想不明白到底是从哪个环节开始出问题。

他用语音点亮了对面墙上的大屏幕，给了智能助手几个指令，他想回到原点看看。

屏幕上出现了向明和他的博士导师汉斯教授在实验室里相拥庆祝的画面。须发花白但高大壮实的汉斯把向明抱得离了地，瘦削的向明咧着嘴但还有些懵，看着就像是在苦笑。那时的他好年轻。

那是十五年前，他们终于突破了脑机接口的关键技术，让人脑和计算机相连，可以通过电信号刺激脑部神经，给大脑制造"幻象"，实现所有能想象到的场景和体验。他们当时踌躇满志，觉得这个技术可以帮助那些身有残疾和罹患重病的人们重新掌控人生。

"命运的齿轮从这个时候开始转动。"向明觉得这句话用在这里很合适。其实不止是自己的命运，还有整个人类的命运。

向明又找到一段视频，是资助他们实验室的那个商业巨头的新闻发布会。向明与老汉斯笑容可掬、略显拘谨地站在边上，公司的高管打了鸡血一样地在舞台中央高声宣布这个技术终于可以推向普通人群，可以实现人类所有的欲望和梦想。台下的人群开始沸腾、疯狂。

"潘多拉的盒子就此打开了吧。"向明又想到了一句合适的话。

此后局面开始彻底失控，这个服务迅速风靡全球，变成了世界上最赚钱的一个产业，超过了影视娱乐、游戏、色情行业、甚至毒品的总和。各个国家也开始强力介入。

直到一个娱乐服务慢慢变成了一种生活方式，直到有一天终于实现了可以仅保留人的大脑组织、并能让其和意识一直永存，直到出现了永生之地，直到向明周围的熟人一个个地离开——"上去"。一切看起来发展得都合乎逻辑、符合人性。

向明记得老师汉斯前往永生之地的那个夜晚，他们在做转化手术的医院进行的最后一次交谈。

"您觉得失去肉体之后，您还真的存在吗？"向明问汉斯。

"其实也没完全失去啊，他们不是会保留我的大脑组织么？"老汉斯对向明挤挤眼睛。

"这么多的人类大脑都连到一个集中的服务器机群，万一将来出现网络事故或者黑客事件，后果不堪设想啊。"

"嗯，所以隔离政策还是有必要的。永生之地其实是脆弱的。"汉斯的表情开始严肃起来。

"老师，您觉得我们从一开始就做错了吗？"向明终于问出了这个压在他心头很久的问题。

汉斯并没有显出任何的惊讶和不快，他只是伸出手轻轻地拍了拍向明的手背，语调温柔地说：

"孩子，不要纠结和惶恐，我们只是铺路工，这条路的方向早就定下了。人类走到今天，看似偶然，实则必然。我们从不满足，我们总是不断追求更快、更好、更强。但你看其他物种就不这样，鸟儿随着季节迁徙、狮子捕食羚羊、黑熊冬天藏在洞里冬眠，几十万年来，它们从不曾想过改变。但人类不是，我们的基因里好像有个特殊的片段驱使着我们不断蒙眼狂奔，从不停歇，我们甚至发现AI和机器人都不是最终的答案，物理的世界也并不重要，我们自己的意识和感知才最重要，而且我们希望获得永生，直到我们对一切都感到了厌倦的那一天。"说到这儿，汉斯又挤了挤他的蓝色眼睛，露出了狡黠的笑容。

向明思索着老师的话，觉得内心深处什么东西被触动了，但又一时抓不住，这让他不安。汉斯接下去说：

"基于脑机接口技术的永生之地恰好满足了人们这个愿望，通过刺激我们的脑神经产生的所有感知和幻想，和你生活在物理世界里感知到的没有区别，但可以让你更加随心所欲，实现所有的梦想。这也是为什么上去永生之地的条件如此苛刻、还要抛弃身体、仅留大脑，但人们依然趋之若鹜的原因。我想不出除此之外，人类还能获得什么样更大的内心满足。而现在唯一能制约我们的，只有能源。"

向明把这段话当作是汉斯给他上的最后一课，虽然还有不明白的地方，但他决定把这些先放在心底，接着问了他那晚的最后一个问题：

"能告诉我您去永生之地真正的目的是什么吗？"

"我只是想要一种自由。我希望触及到无限。"汉斯眼睛望着远处，出了神。一会儿才收回目光，"你什么时候过来？"

"我……在这里还有些牵挂。"

"那再见了，孩子。"

向明在这个豪华的大宅里，如一个孤魂，蜷缩在沙发一角，已进入了现实世界中的梦境，对面墙上的大屏幕还在演绎着曾经真实的世界。

3. 对不起

郝强回到公寓，已是半夜，走廊上一个人都没有。他在上升的电梯里靠着墙，灯光忽然暗下来，随即又亮了。郝强心想，这应该是城西的电厂刚被炸掉造成的电力不稳的影响。

他轻轻打开房门，不想打搅妻子。

"你回来啦。"妻子的声音从里屋传来。

郝强"哎"了一声，"你还没睡啊？"

"是啊，我睡不着。就想等等你。"

郝强走进妻子的卧室，看到床头升起了一些，妻子半靠在那里，这是医院的那种可升降的病床。妻子身前架着吃饭用的小桌板，上面放着一个平板电脑，屏幕的荧光映着她苍白消瘦但依然好看的脸庞，像一片即将凋零的白色莲花瓣。她的名字刚好也有个"莲"字，叫孟莲。

这个房间基本是按照一间病房来布置的。医院和郝强说继续住院也没什么意义了，可以回家度过这最后几个月。妻子说想回家，他们就回家了。

"护工几点走的？"

"哦，八点多吧，我这里没什么事情，就让她早些走了。"

"我下了班和烤肠儿坐了一会儿。"

"嗯，有他陪着你喝点酒，聊聊天，挺好的。这孩子人不错。他，其实有点儿像年轻时候的向明。"

郝强心里一动，一下子呆住了，他好像忽然明白了自己为什么对这个年轻人一见如故。

妻子看郝强那个样子，轻轻一笑，"你和向明也好久没联系了吧？"

"哦，是啊。"郝强敷衍地回答着，"你在看什么呢？"随即凑过去看妻子面前的平板电脑屏幕，画面定格了，那是他们带着女儿小北一次野外郊游的自拍。小北那时候刚五六岁吧。

妻子把平板电脑合上放在一边，轻声说："你赶紧洗洗就睡觉吧，明天还要上班。我这里没事了。"

郝强帮妻子把小桌板收好，掩好被子，又把灯光调暗了一些。转身走出两步，又站住，再转过头来对妻子说：

"你放心，我会找到办法联系上小北的。"

"什么？"妻子瞪大了眼睛，苍白的脸上因激动瞬间浮现出血色。但随即她好像忽然明白了什么，眼泪一下子充满了眼眶，她嘴唇抖了几下，用心疼和愧疚的眼神看着郝强，声音极低但清晰地说出了几个字：

"强子，对不起啊。"

"你别……我在想办法。嗯，有办法的。你等着我啊！"
郝强忍住夺眶而出的眼泪，转身快步走出了妻子的房间。

三年前，在多方确认小北时日无多的时候，他们用光两个人所有的积分，使得小北有资格"上去"永生之地。做完了转换手术，小北也永远停在了十二岁。自此音讯全无。

小北和妈妈是同一种病。

4. 园丁

银河系的心脏，距离地球2.6万光年，这里潜伏着超大质量的黑洞，它巨大的引力控制着银河系近四千亿个恒星，整体"缓慢"地旋转着。靠近银河系中心的恒星成群成簇地挤靠着，彼此间的距离远比太阳系边缘的恒星紧密许多。星团在旋臂与气体云团之间交织，发出炽热而白亮的光芒，将周遭的星间尘埃染得透出微光。

但这些在Ｗ看来不过就是一个平常的午后，一阵微风拂过她明亮而安静的花园。

在她的感知里，宇宙实质上是个能量场，但她更愿意把它想象成色彩、气息和音符的律动，这些她能感知到的美好。

　　她喜欢午后对着自己的花园发呆，感受那些新生花苞的颤动，盛开花朵的斑斓，和成熟果实的甜香。

　　W的能量触角投向花园的一角，在雄壮如参天巨木的主臂之间，有一条纤细、清秀的藤蔓，那是猎户座悬臂，其上星光闪耀，如无数小小的花苞，彼此错落。枝叶间有一颗蓝色的果实静静悬挂，在无边的花色里宛如一粒晶莹水滴。她喜欢这颗蓝色小果表面温柔的水泽和点缀其上的生机勃勃的绿荫，她更喜欢的是她的能量触角感知到的一种不同于其他果实的丰富和温暖，这带给她一种莫名的感动。

　　但近来这颗蓝色小果让她有些牵挂，因为它成熟得有些快。

　　在这个花园里，能被称作"果实"的，都是有"智能"含量的星体。在W的文明里，智能就是能源，是原材料，是硬通货。他们在宇宙中四处收集智能，有自然生长成熟了的，直接采摘就好，但这种方式很难形成稳定的产量；所以更多的是他们有意识地培育一些果实（星体），然后收割。

　　W是个园丁，她的文明里有无数个这样的花园。W负责花园的养护和果实的培育。收割工作另有他人。W觉得这样挺好，她不太喜欢看到自己培育的果实被收割、然后被榨干的样子。

　　这里的一个关键就是判定果实的"成熟"，他们有一套严格的标准。按照W的理解，果实的总智能含量必须达到一定的标准，这是最基本的要求；另外，更重要的是，智能在果实里的"集中度"也有要求。就好比一颗水果，首先要够甜，并且这些甜度最好高度集中起来，这样方便后续的"收割提取"。也像金子吧，淘金者当然希望金子在地下凝结成一大块一大块的，否则虽然一个地方有不少金子，但如细沙般分布在比较广袤的地层里，就不好开采了。而收割智能，比这个还要难很多，W的文明还不能很方便地把分布不够集中的智能采集起来，而且这样耗费的能量太多，就不划算了。

这后面复杂的事情 W 其实不是很清楚，她也不愿意去搞清楚。她只喜欢收拾她的花园，培育果实，喜欢闻花园里的花香，看果实美丽的颜色。

但按照 W 多年的培育经验，她能感觉出来那个蓝色小果星体的智能含量应该已经达到标准了，只是集中度一直都比较差，所以她没有太担心。但近来这颗果实上面好像发生了什么变化，智能的集中度在迅速提升，应该已经很接近可以被收割的程度了。这让 W 感到有些惋惜，她还记得当年亲手培育这颗小果时的情形。

一次例行的果实智能含量扫描之后，蓝色小果和其他不少各种颜色的果实都被列入了可培育的候选，也就是说它们上面已经发展出了智能的雏形，但要跨过一定的门槛，还需要外力介入。这就需要 W 一个一个地来做"催熟"处理了。

轮到了蓝色小果，W 放大了自己能量触角的功率，她需要探知这上面细微的能量分布结构，这很耗费她的心神。但她迅速地就搞清楚了上面的状况，这颗小果之所以能够达到候选培育的门槛，是因为上面出现了一类很活跃的智能体雏形，它们成群结队，数量也在快速增加，应该就是从它们这里入手。W做事非常细心，她又进一步发现在这个类别里，又细分了十几个小种群，之间还有细微的差别。于是她又从中间选了一个小种群，它们唯一胜出其他种群的地方就是个体的平均智能含量稍微多一点点。完成了定位工作，后面就是W非常熟练的照射操作了。

她稍微想了想，选了一把"语言基因手术刀"。每个果实的情况其实相差很多，但大多数时候，W都是从"语言"下手，这是打开智能大门的钥匙，成功率最高。

W用自己的能量触手熟练地操作着"语言基因手术刀"，将其能量输出定向到刚才选出的那个小种群上面，针对其第7号染色体长臂的7q31位置，也就是决定语言能力的FOXP2基因编码蛋白的两个氨基酸，启动了开关。于是一道强大的宇宙射线从银河系中心直达地球。

完成操作，W看着她精心挑选的那个小种群，微笑着说："后面就靠你们自己啦！"她心里也给他们起了个名字，叫做"智人"。

W还记得按照蓝色小果那个星球的时间尺度，培育时刻应该是在他们的七万年前。

正想着，W的能量触角感知到在花园另一侧，雾气蒙蒙的人马悬臂那里，一颗艳丽如红宝石般的果实被收割系统定位了，片刻之后，一团橘黄色的光晕笼罩在果实周围，随即又迅速消失。那颗果实看起来没什么明显的变化，但在敏感的 W 眼中，它已失去了光泽和往日的灵动，她的能量触角再无法和其建立那种相通的共鸣，如同剩下一具失去了灵魂的躯壳。W 轻轻叹了口气，把目光移开。

她顺便瞥了一眼她的蓝色小果，它的收割时刻也很快会到来了。

5. 帮我

郝强这一夜没怎么睡。天刚微亮，就给向明发去了信息："今天中午'时光咖啡'，找你有事。"

向明的信息立刻就回过来了："好。"

他们是中学同学，两家又离得近，每天上下学都一起走，那时是形影不离的好朋友。向明一向学习好，但身体单薄，性格内敛。郝强学习一般，却高大俊朗，好勇斗狠，很有女生缘儿。有郝强在，学校里最痞的男孩子也不敢欺负向明。向明后来上了最好的大学，博士留学，成为世界知名的专家学者。郝强上的技校，进了电厂工作，娶妻生女。

郝强的妻子孟莲也是他们共同的同学，是班里最漂亮的女生。向明一直单身。

他们的人生轨迹曾经交叉，之后渐行渐远。确切地说，是向明不再联系郝强了。

郝强一晚上反复想着烤肠儿的"办法"。作为电脑工程师，烤肠儿混迹于各种黑客暗网，他知道了一种办法，可以突破"隔离政策"，在留守世界的人们和永生之地的居民间打通一个直接通讯的通道。而这个通道的秘密就存在于宣传永生之地的demo里。

为了让留守世界的人们了解到永生之地的生活到底是怎样一种体验，永生之地设计了这个demo软件，也算一种广告吧。留守世界的人们都可以在自己的电脑上安装这个软件，从而连到demo服务器，进入模仿永生之地情形的一个小号虚拟世界。而就是这个demo服务器，留有一个后门通向永生之地的运营服务器机群，这也是为了定期维护更新这个demo服务器的方便，这个后门平时是不开启的，而且知道的人很少。但这实际上就保留了一条链路：留守世界的电脑—demo服务器—永生之地运营服务器—永生之地的居民们。这里的关键就是拿到这个后门的开启密码，就完全打通了从留守世界的个人到永生之地居民之间的通道。而掌握这个后门开启密码的就是郝强的老同学——向明博士。因为他的职责之一就是负责维护这个demo服务器。

这些对郝强来说，有点复杂，但他听明白了一件事：找他的老同学向明，让他帮忙通过demo系统的后门连接到小北。当然，烤肠儿也有自己的"私心"，他也想借这个机会和隔绝多年的父亲取得联系。他自从知道郝强有这么一个同学以后，就对这个事情上了心，研究了很久终于发现了这个办法。

中午"时光咖啡"里的人不多，郝强先到了。他点了三份鸡肉汉堡，自己两份，向明一份。又给自己点了一杯什么也不加的美式，给向明点了一杯拿铁。

向明急匆匆地走进来的时候，郝强可以看到他一脸的倦容。

"昨晚没睡好？"

"你也是吧。"

"我不联系你，你就不联系我？"

"嗯。你不联系我，我就不联系你。"

两人对着坐好，看着对方，各自抓起鸡肉汉堡，几乎同步地嚼着，过一会儿都笑了出来。他们好像并不是多年没有见面的老朋友，而是当年放学跑出来一起吃汉堡的那两个少年。

郝强嘴里的汉堡渣儿掉得到处都是，他习惯性地用舌头舔了一下上唇那个伤疤。向明看着那个疤怔了一下，思绪回到了二十多年前。

那天下午放学，向明和孟莲一起走在前面。刚出校门没多久就被两个外校的小混混拦住了，他们显然是冲着漂亮的孟莲去的，根本没把旁边的向明放在眼里。孟莲倒是很镇静，一边观察着周围情况，一边示意向明赶紧跑回学校去叫人。向明紧张得不知所措，竟上去和小混混理论，被对方不耐烦地一脚踹翻在了泥地里，雪白的裤子沾满了泥。而这个时候郝强已悄无声息地杀了过来，先把踹翻向明的小混混以几乎同样的方式踹倒，反身扑向另一个块头更大的，没想到那个小子掏出了一把明晃晃的链子锁，照着郝强的脑袋就抡下去了。郝强用胳膊挡了一下，躲过了致命的一击，但锁头改了方向砸在了他的上嘴唇，瞬间两颗门牙全掉了，满嘴是血，上唇也砸开一个大口子。见了血的郝强一下子红了眼，低吼着扑上去和对方滚在了一起，他那个满脸是血狰狞的样子让对方战力折损大半，很快就被他夺过链子锁也给开了瓢儿，两个人都成了血葫芦。另一个小混混吓得早跑没影儿了。学校里大批的同学也都赶了过来，费了好大劲儿才把郝强和对方分开。郝强爬起来看着满身泥泞傻在那里的向明，和并排站着脸色惨白的孟莲，竟咧开满是鲜血缺了门牙的嘴冲他们笑了一下。自此郝强上嘴唇留下了那个一寸多长的伤疤。

向明回过神来，看郝强已经开始在吃第二个汉堡了。

"说吧，啥事儿？"

"帮我一个忙。"

"嗯，说。"

"她快不行了。最后就是想见见小北。"

向明放下了手里没吃完的汉堡，怔怔地看着郝强。

"这么快……她……还有多久？"

"医生说两三个月吧。现在接回家里了。"

"你想让我帮你们联系上小北？"

"嗯。可以吗？如果不太麻烦的话……"郝强艰难地说。

向明往后靠在椅子上，想了一会儿，然后低声说道：

"这么多年，这是你第一次找我办事情。"

"嗯。"郝强低下了头。

"你知道我是反对隔离政策的，但如果我帮了你，这是犯法，重罪。"

"那还是算了。"郝强摇了摇头，就要起身。

向明一把拉住郝强的胳膊，顿了顿，接着问道：

"她知道你来找我吗？"

"不知道。但我不知道她会不会猜到。"

向明点了点头，"我帮你……你们。仅此一次。别让她知道是我。"

郝强还是觉得不太妥，刚想说什么，向明摆了摆手："管他呢，去他妈的！"

向明那个样子，让郝强想起了小时候向明跟着他学抽烟、学骂脏话，那么认真，但就是不像那么回事。

"你放心，我会做得谁也发现不了。你得相信我的本事。"向明说着一挤眼睛。

郝强一下语塞，他知道向明在宽慰自己。他甚至还没提及烤肠儿告诉他的什么demo服务器、后门之类的，向明已经一口答应。

"那怎么弄呢？"

"你就用家里的电脑，在永生之地的demo软件里建个账号，后面我到时候教给你怎么做。这个事情，绝对、绝对不能让除了你们两个人之外的第三个人知道。"

郝强轻轻点了点头。他俩都没再说什么。简单道了个别，就分开了。

6. 好消息

郝强下午回到电厂。闷着头躲着烤肠儿，不知道怎么和他说。

吃晚饭的时候实在躲不开了，他本坐在一个角落里，但烤肠儿还是端着饭盆找了过来，在他面前坐下。烤肠儿亮晶晶的大眼睛瞪着郝强，边往嘴里扒拉青菜，边含含糊糊地问："怎么样啊？有戏吗？"

"他同意了。而且说的应该就是你的那个办法。"

"那太好了呀！"烤肠儿激动地大声叫了出来，饭粒儿都喷了出来。

郝强赶紧用往下压的手势示意烤肠儿小点儿声。随即向四周张望了一圈。好在食堂里本来就嘈杂，也没什么人注意到他们。

"可是，他说这个事情只能我和我老婆参与，严格保密。我知道你也想借这个机会和你爸通上信儿，可他那么一说，我就没敢提你了，你说这，哎……"

烤肠儿的眼睛一下子黯淡下来，脸色也有些变了。郝强使劲儿搓着手，越发觉得对不起面前这个年轻人。但好在烤肠儿很快就缓过来一些，他微微一笑：

"没事儿，师父，我替您和师母高兴。您看这样行不，我有些话要带给我爸，您见到小北的时候，替我转达一下就可以了。他们在那边互相之间是能沟通的，就让小北帮忙找到他，把我的话带到就行了。"

郝强赶紧说，"这没问题。肯定可以的。虽然我同学说严格保密，但他也不能全程听我们和小北说话啊，我找机会把这事儿交代给小北就行了。你放心。"

"行嘞，师父谢了啊。"烤肠儿已经完全恢复了他平常的样子，金鱼眼又明亮起来。

"哦对了，师父，您知道怎么安装和使用那个demo软件吗？"

"我还真不知道。我家那个电脑也有点旧了，不知道行不行。"

"哦没事，不过确实得事先试试保险些。今天下了班，我去您家里帮您安装、设置好。回头您和同学约好，到时候按他的指示做就可以了。"

7. 烤肠儿

这个周日，是郝强夫妇和女儿小北定好通话的日子。

烤肠儿从早晨起来就坐在自己小公寓卧室里的电脑前，一直在打游戏，但他今天明显有些心不在焉。

差5分钟到中午12点的时候，烤肠儿的电脑桌面上弹出一个时钟，提醒他时间到了，郝强夫妇即将开启和小北的视频通话。烤肠儿关掉游戏，在被他坐得软塌塌的电脑椅里挺直了身子，面色一下严肃起来。他很小心地启动了一个事先放在桌面上的程序，屏幕一闪，他就进入了郝强家电脑的桌面，他可以看到郝强电脑上发生的一切，也可以远程完全控制那台电脑。就在几天前他去郝强家帮着安装demo软件的时候，他悄悄做了手脚，在郝强的电脑上安装了一个他自己的程序，这样他在自己家的电脑上就能远程监控郝强的电脑了，而郝强完全不会察觉。

12点整，会面开始了。烤肠儿可以远程看到郝强和他的妻子，他们坐在电脑前瞪大了眼睛在电脑屏幕上寻找着女儿，过了一会儿，女儿小北的视频窗口亮了起来，那个烤肠儿也曾认识的小姑娘出现在了画面里，那应该是按照她离开时候的样子合成的图像。烤肠儿不想看下去，他有更重要的事情要做。

烤肠儿远程启动了他事先埋伏好在郝强家电脑上的另一个程序，这是一个黑客程序，因为向明利用自己的超级口令帮郝强打通了通往永生之地服务器的通道，烤肠儿的黑客程序就比较轻松地突破了这原本是最难的一道屏障，直抵永生之地的服务器机群。

烤肠儿稍微费了点劲儿就取得了服务器机群的超级权限，在他面前展现出了永生之地全部居民的分布拓扑图。现在全人类人口已经达到一百亿，而永生之地上的居民刚刚过了五十亿。这些居民的大脑，就如一幅浩瀚的星图，星星点点分布在广袤无尽的虚拟空间，但又都无一例外地连接到了庞大的中心服务器机群，形成了一张巨大的网，如同一个宇宙级的超级生命体。虽然事先有心理准备，但烤肠儿一瞬间还是被震撼住了。

他缓了缓神儿，迅速定位找到了自己父亲的大脑，和他建立了直接的连接。但他并没有马上和父亲进行沟通，而是转回来重新进入了永生之地的根服务器。

烤肠儿卧室的窗帘从来都是拉上的。电脑屏幕幽暗的荧光映着他苍白而年轻的脸，他略带吃惊的大眼睛依旧明亮，但此时其中多了一些平时看不到的冰冷和决绝。

他熟练地操纵着鼠标和键盘，在永生之地的根服务器里畅游着如入无人之境，此时的他就是王。

他批量地删除着服务器上的核心数据库、备份数据、核心代码，并建立了反恢复机制，动作轻快而坚决。他知道他在做什么。为了今天，如果从加入抵抗组织那天算起，他等了五年；为了今天，如果从他父亲抛弃他们母子俩，用光了全家所有的积分，自己上去永生之地那天算起，他等了十三年！

随着他的操作，这张巨网的中心部分、服务器机群渐渐暗淡下来，而五十亿个居民大脑也都失去了和中心的连接，真的变成了浩瀚宇宙中的群星，如孤灯般散布在无尽的黑暗之中，每一颗都闪耀着寂寞和不安的微光。

烤肠儿知道他做的事情意味着什么，他摧毁了永生之地。这个过去十几年来人类最伟大的成就、这个耗费着地球最大能源的智能网络、这个无数人的梦想之地、这个吞噬了多少个像他父亲这样被欲望驱使的人们的怪物。

他作为抵抗组织里最杰出的黑客之一，几年来蛰伏在电厂，攻入永生之地的服务器并将其摧毁，是他唯一的任务。抵抗组织近些年爆炸各地电厂的行动，其实只是为了吸引官方注意力的佯攻，他们真正暗藏的利剑是烤肠儿这样的遍布全球的黑客小组。前一阵烤肠儿偶然了解到师父郝强有个老同学是永生之地的设计者之一、并且如今仍担任着其中关键的职位，烤肠儿和他的团队立刻做了精心的调研和准备。抵抗组织只有一个目的，就是彻底摧毁永生之地，并让其难以恢复。至于上面的五十亿个"灵魂"，烤肠儿愿意用这个词，抵抗组织会接他们"回家"，与亲人团聚、重新回归现实社会。也许这不是他们其中有些灵魂想要的，但这不重要，这些不肯回归的灵魂将在虚拟空间如孤魂野鬼一般地游荡，因为失去了永生之地的服务器，他们将陷入永久的黑暗，自生自灭，也许包括他的父亲。

重要的是，留守世界的人们，真正的人类，将重新拿回这个世界的主导权。为此他们可以牺牲掉另外那五十亿个"灵魂"。

烤肠儿做完了他该做的所有事情，才如比赛结束后脱了力的运动员那样瘫倒在座椅里。他感觉自己额头汗津津的，内衣也湿透了。后续还有很多工作，还会有很多麻烦，会有别的团队来做吧。他作为"摧毁者"已经完成了自己的使命。

烤肠儿的脸上没有胜利的喜悦，他只是喃喃地嘟囔了一句，"师父，对不起啊。"

烤肠儿探身一把拉开了卧室的窗帘，窗外正午刺眼的阳光瞬间照满了整间小屋，他赶紧闭上了眼睛，觉得有两行泪水顺着脸颊流了下来。

在他身后的墙上，悬挂的是他母亲的遗像。

8. 返生

W 刚从冥想中醒来，就立刻觉察到周围的能量场有些不对，虽然细微到无法分辨具体方位，但她能感觉到自己花园的某个角落发生了一些不寻常的事情。

她准备例行扫描一圈那些即将成熟、随时会被收割的果子，能量触角就先向着那颗让她忧心的蓝色小果投了过去。刚一触碰，就令 W 大吃一惊。这个果实发生了一些明显的变化，总体智能含量虽然没怎么变，但之前已经接近收割标准的智能集中度急剧下降了！就好比一颗璀璨闪耀的彗星，在接近太阳的时候，由冰块和古老尘埃凝结而成的脆弱内核，面对太阳那无情的热情，迅速解体和激扬开来。

她再次启用自己能量触角的超大功率模式，准备仔细地观察一下蓝色小果上面当初她动过基因手术的那个活跃的小种群。嗯，他们还在，每个个体的智能都发展得与当初不可同日而语。为了更深入了解，她还是从语言入手，她迅速浏览了星球这几万年留下的各种符号，然后她有些明白了，她确实看到了不同于智能的另一种东西，按照这个星球的语言符号，就叫"情感"吧，这是一种混杂成一团的很复杂、很另类的能量，里面有爱、恨、善意、嫉妒、同情、背叛、友情等等，非常丰富。W 忽然悟到了为什么每次触碰蓝色小果时，产生的那种和其他果实不同的感动，那种不同于她熟悉的智能能量场的特有的温暖和丰富。W 心想，当初我给你们起了个名字叫"智人"啊，但其实你们自己发展出了另一种我不太熟悉的东西，但这也挺有意思的。

虽然 W 还是不明白这个蓝色小果这么短的时间里究竟发生了什么，使得其已接近收割门槛的智能集中度忽然被打散了。通常被她做过基因手术的智能群体就会飞速发展，最终他们会把自己的智能单元都连接在一起，使得智能集中度迅速跨越成熟被收割的门槛。而目前蓝色小果上这种聚起来的智能又被打散，从成熟"返生"的逆变情况在花园里非常罕见。她刚才在那一团团的"情感"纠缠中似乎感到了一些脉络，但因为其中串联交织的"偶然"因子太多，最终导致的这个奇怪的结果就让她无法溯源。她本也不是个喜欢深究的性格，她也不想把这个奇怪的现象汇报上去。她有这么大个园子，还有那么多的事情要做呢。

但她知道，园子里的收割系统短期内不会定位到蓝色小果了，它又能陪她一段时间了。W微微一笑，就轻盈地转向了其他的果实。

此时，银河系中央的超大质量黑洞，仍用它无形的深邃力量，隐然统摄着周围万千星辰的轨道，时间与空间在此处扭曲，宛如一道无形的旋涡潜伏在群星汇集的深海。

这片辉煌与诡秘相交织的天地间，是创造与毁灭的舞台，是偶然与必然的交响。

《永生之地》创作谈

从杨雷家里出来，天色已经完全黑下来。小心地拐了几个弯，就开上了280。正是下班的时候，280上车多起来，车灯闪亮，手机里随机放着音乐，我在这依山蜿蜒流动的灯火中，忽然感觉很美好。

刚刚我们八个文友聚在杨雷家里，讨论我们第一本合集的出版，还特意请了出版社的刘雁老师来进行辅导。我们都好认真。

缘起于常少宏老师的小说写作课，师生九人一起用心地走过了20周。这本合集是我们的毕业论文，也是我们的汇报演出。

为什么写作？每个人都有自己的理由。我呢，年少时喜欢阅读，小学三年级读了此生第一部文学作品，梁羽生先生的《萍踪侠影》，自此一路读来。阅读是挟着自己的人生进入别人创造的世界，如果恰好产生了某些共鸣，就认定那是为你写的书，但这好像有点撞大运。于是就想，不如我自己创造一个世界，也许有些熟悉或陌生的朋友愿意进来坐坐，东看看西看看，即使没有人来，那至少也是自己灵魂的一个栖息地。是的，我写作的动念，就是想创造自己的世界。

收入这本合集的《永生之地》是我写的第一篇科幻，不敢说是我最满意的作品，但确是最花心思的一篇。我先用笔写满了六页A4纸，只是想梳理清楚文章的人物关系、情节线和科学逻辑。

科幻挺难，如果文学是构建一个世界，那科幻构建的这个世界在天空中，是无中生有，但又得像那么回事儿。比如至少得用三根柱子支起一个屋顶，两根柱子就不太对，这是要符合科学逻辑；而且房子虽然在空中，但里面的摆设还要来自人间，这是情节细节上要真实合理；而且房子里住的也不能都是神仙怪物，还是要有人性。

科学逻辑、故事情节、人物塑造，希望在科幻作品里实现他们的平衡。但像我这样的初学者就难免顾此失彼。这是我感受到的科幻作品的难处。

《永生之地》源自一个思考，人类作为地球上亿万物种中曾经普通弱小的一支，为什么就能脱颖而出、统治了地球？这里有其必然还是纯属偶然？而人类胜出之后又蒙眼狂奔了几万年，近乎执拗地追求更好、更强，那么人类的终极目标又是什么？如果有一天，当一个技术被发明出来，比如通过电信号直接刺激人类的大脑神经、满足其所有的愿望和梦想，并让意识永生，那么人类是否就算实现了终极圆满？

于是我构建了一个世界，这个终极技术被发明出来了，算是脑机接口的一种延伸吧，人类一经尝试，就欲罢不能。于是使用了这个技术获得"永生"和"自由"的人类构成了永生之地，当然代价是要抛弃自己的肉体，仅留下一个大脑。但确实还需要剩下一部分人来做基本的支持工作，维持永生之地的运行，于是他们就构成了留守世界。这两个世界本身就构成了阶层和不公平，下面的想"上去"，而上面的需要下面的支撑，所以也不希望他们都上来，但又要下面的留有希望，于是设计了积分系统，同时也制定了隔离政策。

郝强、烤肠儿、向明都是留守世界的人，他们每个人都有自己最在意的东西，也都有各自的纠结。所以他们还留在留守世界。

郝强少年英武，中年失意，深爱妻子和女儿，却又无奈地将逐一失去她们，只想实现妻子临终前最后一个愿望。他心中是爱。

烤肠儿算半个孤儿，早年父亲受到永生之地的诱惑，抛弃他们母子自己"上去"，后来母亲也去世，烤肠儿早年成长的苦痛可想而知。他内心更多的是恨，恨自己的父亲，更恨夺去父亲的永生之地。所以他是隐藏的"摧毁者"。

向明是科学家，想用自己的才华造福人类，但却发现事情的发展越来越让自己失望，而自己还是始作俑者。他内心是"愧"。

他们用自己的一系列选择和行动，最终有些意外地导致了永生之地的毁灭。一切看似很多偶然的串联。这不是通俗小说里的"正义最终战胜邪恶"，烤肠儿这个行动也很值得商榷。就是走着走着走到这一步了。而这一步竟然还无意中挽救了人类的一次注定的灭绝。

于是在构建这个人类的未来世界之外，我又构建了另一层更大的世界，就是"园丁"文明。他们的能力和对宇宙的认知远超地球人类。人类爱恨交织、苦心经营的时候，在"园丁"们眼里不过是午后花园的一次采摘。人类的命运本来是被"园丁"们设计好了的，人类文明的诞生不过是园丁的一次例行果实"催熟"，而人类文明的毁灭不过是他们的一次例行 "收割"。所以"园丁"文明代表的力量和安排，对地球人类来说本应是一种必然。但最终人类的宿命还是被自己的一系列偶然操作改变了，因为人类除了发展了智能以外，还发展出了"情感"，而这是外星文明很难理解、也不好预期的一种形式。永生之地的毁灭客观上增加了园丁的收割难度，所以这个事情就先放下了。而园丁也不是很在意，因为他们的花园很大。

所以我在这篇文章中想探讨的其实是偶然和必然，是局部和更宏大的宇宙尺度之间的关系。算是表达一种自己的宇宙观吧。

而这种表达是否清晰有效，就取决于自己的写作能力了，显然还是差得很多。练习写作的过程可能就是不断优化自己的表达能力，不断找到更优的、更有效的那个表达方式吧。

自己是写作的初学者和尝试者，学习的过程中受到常老师和同学们巨大的帮助和鼓励，在此特别感谢。

写作让我体会到了创造自己世界的乐趣，而在这个世界中自己是自由的。写作真好。

晓霜，毕业于北京大学法律系，美国杜克大学法学博士。曾在纽约华尔街著名的律师事务所当律师，在美国硅谷的高科技公司担任公司律师及高级经理多年。作品曾发表于《作品》《财新》《家庭》《世界日报》《人民日报》海外版、《新华日报》等。著有《孩子，我该怎么爱你》（国际文化出版社）、作品集《痕·记》（美国壹嘉出版社）。海外华文女作家协会会员、北美中文作家协会理事。个人公众号"相约晓霜"。

纽约地铁

晓霜

时钟指向下午三点。宋紫云走出女儿的公寓大楼，她为这一刻已经等待很久。

街上，一股热气扑面而来，强烈的阳光晃得她睁不开眼。按照女儿的吩咐，她出门左转，沿着百老汇大街往北走。女儿说走几条街就可以看到地铁口，坐一号车直接到达目的地——林肯中心。她的心中装着一个小小的秘密，仿佛要出一趟远门似的。

刚到五月底，纽约的气温已经像夏天一样闷热。蓝色的天空飘过几朵白云，远处有几块乌云，像是艺术家涂在画布上的大色块，正在慢慢地溶入画面。街上的行人匆匆走过，好像都知道去处。她意识到自己是一个外乡人，一位游客。

紫云朝地铁口方向走去。突然，她听到一阵轰隆隆的响声，抬头看到一辆地铁正在百老汇大街对面的露天高架桥上风驰电掣般地开过，发出震耳的巨响。她知道地铁口应该不远了。

今天她穿了一件紫红色的香云纱连衣裙，身体展现出柔美的弧形。飘逸的长发，精致的自然妆，四寸的高跟鞋让她显得挺拔、自信。她戴着四叶草红玛瑙项链，觉得它会给自己带来好运。她挺胸收腹，抬头提臀，走着模特步，仿佛在欣赏自己的表演。周围的人都在匆匆赶路，没人留意她。

人们说，曼哈顿的街道像北京一样，东西南北整齐有序，五大道分东西，从下城（Downtown）到上城（Uptown）街道的号码逐渐增大，任何时候都能确认自己的位置和方向。女儿说，在曼哈顿永远不会迷路，她喜欢这里。

紫云按照女儿指示的方向向北走了几条街，忽然意识到街道号码越来越大，从118街走到了121街。而林肯中心在66街，方向应往南走，街号应该越来越小。

她犹豫片刻，大脑里的方向盘总是在告诉她方向错了，她的思绪有些混乱。她快速打开手机上的谷歌地图，输入目的地——林肯中心附近一家咖啡馆的地址。导航图显示出一个发散的圆圈，她朝前走了几步，寻找导航指示，看着箭头是朝着北的方向，她确定方向是对的，便继续往前走。心想有时我们去一个地方，不能走直路，需要绕弯，甚至得走相反的方向才能到达。

她突然想起二十多年前，她曾经在上城、中城、下城多处面试。拿到文学博士学位她就失业了，后来她和先生选择离开纽约回到中国。现在她来纽约看望女儿，她的贴心小棉袄已经是哥伦比亚大学东亚系的学生。尽管她不希望孩子走这条路，但是女儿选择了母亲年轻时的生活道路，这是命运还是轮回？

午后的阳光火辣辣的，大地蓄积的热量向上蒸腾。紫云的额头开始冒汗，衣服紧贴在身上。她巴不得马上钻进地铁，钻进带冷气的车厢。

她继续往北走，几条街后，终于看到了125街的地铁口，这个站口显得很不起眼。她松了一口气，加快了脚步，突然看见有条黄线挡住了入口，铁门紧闭。旁边的公告写着："周末修路，无车通过。"

她顿时感到一阵失落。如果是平时她可能想回家了，但今天她别无选择，必须去赴约。这可能是一次改变她命运的约会。

她知道，纽约地铁周末修路、车辆改道是常态。这里有四五百个车站，每日运送几百万人次。这是世界上最古老、最繁忙的地铁之一，在这条长达一千多公里的城市轨道上，修修补补似乎永远没有尽头，但无论怎样，地铁总能弯弯绕绕到达目的地。这路让她感到陌生又熟悉。

二十多年前，她在纽约福特汉姆大学读英国文学，认识了哥大数学系的留学生肖兵。两个学校相距七英里，开车十几分钟，但是坐地铁将近一小时。周末，地铁总是在修路，肖兵送她回家时，她从来不会觉得路太远，她甚至希望那车一直开下去，不要到站，他们可以永远这样相依相偎在一起。

时光像车子一样神秘地轮回旋转。高温，烈日炎炎，此时紫云感觉头顶上仿佛有一团烈火在烤着她。她忍着继续往北走，心里开始焦虑起来。她知道自己走的是反方向，离目的地越来越远。她能准时到达吗？相约的人会在那里等待吗？

紫云习惯问路，这是从小养成的习惯。然而，纽约街上的行人都在匆匆赶路，几次她想问路，但没人停下来。她定定神，深吸一口气，看到一位遛狗的女人走过来，赶紧上前问："请问一号地铁口在前面吗？"那人眼睛都没看她一眼，一边走，一边说，"往前走。"

她继续往前走，百老汇大街南北延伸，每走两三分钟就可以看到迎面而来的街道号码。她已经从第118街走到136街。前面的街道渐渐显得冷清起来，下一条街的距离比前面更远了。她看到纽约城市大学的牌子，学生应该放假了吧，街上空无一人。她已经从哥大向北走了近二十条街。

这时，她看到一个提着食品袋的中年男子从街边的小店出来，她赶紧上前问路。那位男士告诉她："继续往前走，地铁口就在前面。"他又补充了一句："到了137街不要进，到145街坐车。"紫云心想，天啊，林肯中心在66街，要一直走到145街才能坐地铁去下城？得走多少冤枉路！这时，紫云脚上那双她最喜欢的Jimmy Choo高跟鞋也开始不耐烦了，平时觉得舒适的鞋子，此刻让她的脚感到压迫和酸痛。

强烈的太阳照射着大地，她像一朵阳光下暴晒的花儿，渐渐开始发蔫。她挺拔的身姿似乎缩了几公分。走这一趟真不容易。她开始想，那位诗人值得她如此奔赴吗？

看来双脚是纽约人的交通工具，每天走几十条街对于他们根本不是什么问题。太阳开始西斜，午后强烈的阳光下，路边的餐馆和商店也不再热闹，人们都回家了。

紫云忽然有一种强烈的冲动想往回走，想往下城的方向走。她知道自己无法走到林肯中心，习惯的想法就是叫出租车或者Uber，但她又想起女儿的话。母女约定，在曼哈顿只坐公共交通，并以此确认紫云是否适合在纽约生活。她多么想让女儿看到自己是一个老纽约客。

紫云转头四处张望，正犹豫该往哪走时，突然眼前一亮，一位身穿白色衬衫的高个子男士正风度翩翩地朝她走来。他像一道光，带着能量，顿时空气仿佛开始流动起来。看到她困惑的表情，他礼貌地停下，问道："Are you OK? 你需要帮忙吗？"

他有一双明亮的眼睛，乌黑的头发微微带卷，棕色的皮肤让他的白衬衫和洁白的牙齿显得格外耀眼。紫云分不清他是哪国人，他的声音有些熟悉，标准的英语听起来像是她的英语老师。

"我，我，找不到去林肯中心的地铁口，怕是走错了方向。"她结结巴巴地说。

"那么巧，我和你去同一个方向。我要去Columbus Circle（哥伦布圆环），跟我走吧！"那位男士的脸上充满自信和真诚，带着迷人的微笑。他的眼神中，好像这一刻全世界就不存在，他停下来只关心眼前这位女人的问题。由不得紫云犹豫，他已经在前面引路快速往前走。她心里一阵狂喜，真是好运，居然遇到一个同路人。从心底涌上一股久违的暖意，真希望可以一直跟着他走，直到目的地。

前面就是137街，没想到地铁口就在边上。那位白衣男子指了指前方对紫云说，"我们在这坐一站车，它开往反方向。一站后过马路，从145街一直坐到林肯中心。"紫云有些迷糊，先去反方向？她没弄明白，但不知为何，她莫名其妙地相信眼前这位陌生人。隐约中，她想起前面一位路人也说过要到145街坐车，这让她觉得这位向导的话是对的。

她三步并作两步，紧跟着高个子男人的步伐。脚下的高跟鞋似乎又配合起来，唱起欢乐的合曲，她的腰又挺直了。

137街是个小站。当他们走下地铁口，紫云见到了去上城（Uptown）的标志，对面站台上一辆车正在缓缓地驶进车站。"快！"高个子男人挥动双手喊道。紫云快速地从钱包里拿出信用卡——前几天她刚知道在纽约地铁站可以刷信用卡进站。周围的旅客快速涌进站台。

她和白衣男子冲进刚刚停在站台上的车厢。"下一站下！"他们还没站稳，他便指手划脚地向她解释。紫云还没弄清楚方向，车已经停在了145街。"快下！"高个子男人伸手拉她，紫云下意识地回避了一下，但还是紧跟着他的步伐。他放慢了脚步，等她跟上。她仿佛在迷宫中，跟着他寻找出口。

他们迅速走出车站，一起穿过马路，飞快地进入对面的地铁口。紫云这时终于看到了去下城（Downtown）的标志。她刷卡、开门、进站，他礼貌地拦住车门让她先上。所有的动作像是被某个看不见的力量在操控，仿佛他们是舞台上的木偶，被带着走。

纽约地铁的幽暗隧道中，迷路的感觉仿佛在深邃的梦境中徘徊。当紫云踏入地铁站，她仿佛进入了一个N次元的空间，每个站台、每条轨道都像是人生的岔路口，充满了未知的可能性。站台上的灯光昏暗而模糊，线路图上的每一条线仿佛都在向她诉说着不同的故事，引诱着她，却又不断变化方向。紫云心想，地铁的轨迹像是时间的脉络，而她则是被困在这无尽轮回中的过客。

此刻，她终于意识到，自己已经登上了通往正确方向的站台。

145街的站台上，旅客开始增多。车很快进站了。她突然发现，同一个站台的两边，车同时进站，而且方向一致，实在令人迷惑：该上哪边的车？它们会去同一个地方吗？这迷宫一样的地铁线，每一步都可能走错。

"上这车。"高个子男人指着左边的车对她说。紫云无法多想，快步跟上，走进车厢。她终于可以喘口气，两个空椅像是在等待他们，她挨着高个子男人坐了下来。

"周末修路，有些站关了，有些车是临时加的。现在你可以一直坐到66街林肯中心。我在林肯中心下一站哥伦布圆环站下车，我家就在那附近。"紫云的心里微微一动，那么巧。

她松了口气，坐稳，把肩上的小包拿下，拎在手里。她觉得脚下有些酸胀，趁没人注意，偷偷把脚后跟从高跟鞋里挪出，让紧绷的双脚透透气。

地铁载着旅客向前飞驰，站台在眼前一闪而过，隧道里的灯发出幽暗的光，车厢摇晃着前行。车厢里的乘客都盯着手机，或者毫无表情地发呆。

高个子男人好奇地看了一眼坐在身边的紫云，问："你是日本人吗？"

"不，我是中国人。北京来的。"紫云大方地说。

"哦，我去过几次中国，很喜欢北京。我母亲是菲律宾华人，我在美国长大。我一直为中国女人和中国食物而着迷。"高个子男人热情地说道。紫云感到他的身体微微向自己靠近，她能感受到他身上的体温和能量。

然而，一个男人把女人和食物联系到一起，让紫云有些不适。但她意识到，自己也喜欢美食，在Match.com约会网站上写下："喜欢文学，爱旅行，爱美食。"

"我哥哥在中国学过汉语。"高个子男人拿出手机，找出一张全家福给她看。照片是在一幢豪宅的后花园拍的，四周鲜花盛开，树木繁茂，旁边有个游泳池。照片里有十几个人，穿着考究，每个人打扮得像电影明星一样。他指着照片说："这是我哥，这是我，家里最小的孩子。"照片中的他看上去像个大学生。

"哇，那么大的豪宅！你看上去好可爱。"紫云忍不住惊叹道。

"这是大学毕业那年拍的。那时我很年轻。"他有点害羞地说。

"你现在也很年轻啊。"紫云笑着说。

他抬起头，他们俩人的目光相遇，她像被电击了一下。不知怎地，她觉得他有些似曾相识。但是，她想自己应该没见过这位年轻人。

他的目光忽然盯着紫云，好像也觉得她有点面熟，但是想想不可能见过。

"你一人来纽约旅游？"高个子男人收起照片，判断她是一位游客。

"是的，我一个人来的。我是个路盲，总迷路，出门让我很紧张。"

这时，高个子男人意味深长地打量了一眼坐在身边的女人。

"如果你在纽约需要帮忙，可以给我打电话。"白衣男子说道。"你可以存下我的手机号。告诉我你的电话？"说着他打开手机，等待紫云给他电话号码。

紫云对他过度的热情有些紧张。"不用麻烦了，暑假我住在女儿宿舍。她在哥大读书。"紫云不假思索地回复。

"哦，看不出你的年龄。孩子都那么大了。"他礼貌地回答。

高个子男人的手从拨号的姿势慢慢地放了下来。紫云犹豫了一下，她被这张年轻、真诚，有些黝黑的脸庞所打动。她的心砰砰直跳，但又觉得给陌生男人电话号码不太妥当。她心里想着，但愿自己约会的对象也能像他这样有趣，充满热情。

她故意转移话题，问道："你觉得纽约哪里最好玩？"

他开始滔滔不绝，"纽约有很多地方可以去，关键在于你对什么感兴趣。谁都想来纽约。"

"为什么？"她问。

"这里的人有趣，机会多，可以have fun。"他的语气中特别强调了"fun"，带着热腾腾的温度。

"我女儿也特别喜欢纽约，想留在这里。但我觉得纽约又脏又乱，又不安全。"

"年轻人都喜欢纽约。"

"我认识的人都逃离了纽约。"紫云有些失落地说道。

"当然，不是每个人都喜欢纽约。有人爱，有人恨。每个人都有自己喜欢的地方。"此时，高个子男人再次打量了一下紫云，似乎在思考什么，像个哲学家一样。

"我觉得纽约让人喘不过气。"

"如果你不喜欢纽约，那说明它不适合你。"他说这话时，语气中带着一丝骄傲，又仿佛是老师在对学生讲话，然后与她拉开了一点距离。

　　紫云看着眼前这位白衣男子，他像燃烧的火焰，明亮而深邃的眼睛仿佛藏着无尽的故事。她的身体紧贴着他，能感受到他身上的体温。车厢在摇晃，外面的轰鸣声在隧道的忽明忽暗中回荡，紫云的思绪开始恍惚起来，她有种时空倒转的感觉。

　　九十年代初，她曾在纽约福特汉姆大学读文学，那所学校位于布朗克斯区，因纽约洋基棒球队的体育场而闻名。作为一个自费留学生，她每天晚上都要到餐馆打工。

　　有一个冬夜，她在御湘园餐馆打工，几位哥大数学系的留学生为肖兵同学过生日。他阳光帅气，气宇轩昂，紫云不由自主地多看了他一眼。当切蛋糕时，她为他唱了一首生日歌。她不仅人美，还有一副天生的好嗓子。几位留学生不常来餐馆，那晚大家边喝酒边畅谈，一直聊到关门。肖兵是他们注意力的焦点，而他的目光始终没有离开过紫云。最后是肖兵送她坐地铁回家的，他笑着说紫云是上天送给他的生日礼物。

　　从此，肖兵常常来到餐馆看她，即使只是点一碗汤，默默地坐一会儿。他们俩很快相爱。每天下班后，肖兵都会来接她，两人一起坐地铁回宿舍。在地铁里，她依偎在他身旁，仿佛一天的疲惫都会烟消云散。有时候，她会用一天辛苦挣来的小费请他吃顿饭，然后他们一起去看场电影。那时的生活很艰苦，但她从不迷路，心中似乎永远有一个导航仪。她的路线很简单——上学、打工、从学校到宿舍。大家都说他们是天生一对。紫云毕业那年，他们结了婚。

车厢在摇晃中继续前行。紫云的思绪也随之飞驰。

紫云毕业后找不到工作，当了全职太太。他们搬到了曼哈顿对面的布鲁克林，肖兵在华尔街做证券师，收入丰厚。然而，第二年，他因一起客户诉讼被公司解雇。他们带着一岁的女儿逃离了纽约，回国创业。他们搬过好多次家，直到孩子上小学时，他们在北京海淀区购买了学区房安顿下来。然而，这个家再也无法容纳肖兵那颗躁动的心，他渴望自由，决定去深圳创业，生意做得风生水起，却再也没有回过家。他说他的心已经回不去了。在多年的等待中，紫云的人生慢慢地改变了模样。

她的身体开始出现问题，害怕过马路，常常出现幻觉。她似乎失去了方向感，身体里的导航系统出了问题，迷路成了常态。她变得害怕出门，也不再喜欢旅行。

她的思绪随着车子的颠簸跳跃，脑子里闪过那些难以抉择的时刻——那些让她感到迷茫的日子。那些如同地铁线路错综复杂的选择，每一次人生的急转弯都让她感到无助。生活中的每一次选择都充满了不确定性，她试图找到自己的方向，却常常被无形的力量所阻碍。地铁迷路的感觉，就像她在生活中的迷失一样。

想到这，紫云紧张地看了看地铁现在的位置，站台的名字和路线图在黑暗的隧道中快速掠过，她生怕坐过了站。

这时，高个子男人转过脸对她说："下一站是66街，林肯中心，你可以在这下车。我到59街哥伦布圆环下。"马上就要到了！紫云在手机上查看她要去的地址，在63街的一家咖啡馆，离哥伦布圆环很近。她决定跟这位男人一起下车。心里想着，万一找不到地方，还有个向导。这一刻，她的心充满了快乐与期待。

今天是一个特殊的日子。紫云第一次通过约会网站去见一位文学教授、一位诗人。她从北京来纽约探望女儿，一辈子循规蹈矩的她，每天都在想自己应该在还没有太老之前，重温一下青春之梦。生活还能给她一个机会吗？

紫云离婚后，独自一人把女儿养大。如今女儿已长大，她还未老。这次来纽约，她拿出了当年找工作的劲头，在几个约会网站找男友。当她第一眼在Match.com约会网站看到他放的那首诗——那是她熟悉的《哈姆雷特》，她被电击了一下，认定他不是一个平庸之辈。她想认识他。

她想起那首诗，出现在《日瓦戈医生》小说的后记中，那是医生的遗作。她在这里看到，这是作家帕斯还是这位——在约会网站寻找另一半灵魂的男人对生命和死亡做出的注释？

喧哗沉寂，我走上舞台

轻倚门框，

在遥远的回声中倾听，

我的一生将发生什么。

紫云仿佛听到了诗人发出的叹息声。

幕次已经考虑周详，

道路的终点不可避免，

一切都浸入孤独，我一个人

度过人生 —— 非轻而易举。

她抑制不住内心的冲动，想认识这位诗人！他叫佩斯。网站上有一张他侧面在书桌上写字的照片，看不清楚他的脸，但轮廓分明，乌黑微卷的散发，带着诗人气质。

她在约会网站上放了一张在撒哈拉沙漠远望的艺术照，还起了一个网名。没有人能看清她是谁。

她主动上去与他打招呼，先是通邮件，和佩斯两次通话后，他们迫不及待想见面。他们约好今天第一次见面！没想到，路上有些绕道。紫云沉浸在自己的幻想中。

一号地铁终于到了哥伦布圆环站，这一站出入的人很多。站在繁忙的地铁站台上，身边熙熙攘攘的旅客朝不同方向奔走，耳边充斥着各种声音——售票机旁的叮叮声、急促的广播，还有低沉的铁轨声。站台上有人靠在角落里安静入睡，似乎无论多大的声音都不会打扰他们；一位披头散发、看起来像流浪汉的人在弹吉他，面前放着打开的吉他盒，里面散落着几张美金钞票，路过的旅客没有停留。站台里的空气糟糕透了，有股尿臭味儿。紫云害怕黑乎乎的"地下迷宫"，想尽快走出去。终于快到目的地了，她的心情轻松了许多。

紫云站直身子，拉了拉裙子，撸撸头发，用手摸摸胸前的四叶草红玛瑙项链。她紧跟着高个子男人，大步走出地铁。台阶上，一股黑压压的人流涌出，个个面容严肃。大家走出站口时，忽然天空乌云翻滚，大雨即将来临。

高个子男人神情自若，在地铁口指了指右边的红绿灯，"我往那边走，不远就到家了。林肯中心离这很近，你要去的地方就在附近。祝你好运，再见！"说话间，交通灯变绿，他友好地挥了挥手，头也不回地穿过马路，拐进对面的街道，消失在拐角处。

紫云本来希望有个向导可以一直把她带到目的地，但是她又为自己的这个想法感到可笑。高个子男人匆匆离去，她的心情和这天空一样阴沉下来。

她看到手机上显示已是四点二十分，还有十分钟要到达目的地。没想到半小时的路程，她已经走了一个多小时，还没到达。紫云的心脏开始急促跳动，感觉血液往头上涌，全身有些冒汗。她拿出地址，再次打开谷歌地图，想确认一下方向。她沿着哥伦布圆环走，圈外是高耸入云的建筑群，圈内车辆密集，向不同方向奔跑。圆环中央矗立着一座哥伦布的巨大雕像，它站在一根被三艘船穿过的柱子上，一个长着翅膀的人正在检查地球仪。她仿佛看到了四百年前的哥伦布，站在一艘高高的帆船上，仰望着美洲大陆。暴风雨即将来临，她忽然感觉整个哥伦布圆环像是一只航行在大海中的帆船，天地开始摇动。人们赶路的步伐愈发急促，街上的小商贩也开始收摊。

走到圆圈的一条街口，紫云见到对面有一个入口，几棵巨大的无花果树，树枝上长满了新叶。她的眼前出现了一片绿色的树林，一条小径通向远方，仿佛在召唤她往里走。可是时间快到了，她急着找路，于是快速地沿着圆圈继续行走。前面看见一条大道，边上是几条地铁线的站口。每一个站台仿佛都是一个岔路口。她继续往前走，又见到了百老汇大街，那是她出发的同一条街，然而她已经穿越了大半个曼哈顿。她知道离目的地很近了。

周围的车辆和行人都在一个圆圈里转动，天上乌云越来越密，紫云的头开始晕了，更辨认不清方向了。哥伦布圆环和纽约地铁一样让人迷路。她发现自己在一个怪圈里打转，怎么也走不出来。她问自己为什么总是这样，走不出怪圈？

快四点半了，约会的时间马上到了！紫云又激动又紧张。那位诗人是否已经在等待她？

但她仍然在路上。

她终于想起来可以给约会的诗人发个短信，告诉他自己所在的位置。

雨中，她拿出手机给他发了一个短信，"我在哥伦布圆环，百老汇大街旁迷了路。你在哪里？"

"我马上过来。请在原地等我。几分钟就到。"对方马上回复。

"太好了。我等你。"

"你穿什么颜色？我想一眼就看到你。"

"我穿红色的裙子。"紫云又开始心潮澎湃起来，心中升腾起一份诗意，雨中和诗人漫步多么浪漫啊。

"你穿什么颜色的衣服？我也希望在雨中一眼就能看到你。"

"我穿一件白衬衣。马上就到。"

她的手摸到四叶草红玛瑙项链，像是在默默祈祷。

雨点淅淅沥沥地落下，天空灰暗，地面开始湿漉漉了。

不知怎地，她想起来埃兹拉·庞德那首诗《在地铁车站》：

> 这些面庞从人群中涌现，
>
> 湿漉漉的黑树干上花瓣朵朵。

紫云站在百老汇街口，试图看清每一张面庞，仔细注视着眼前，一辆辆车开过，行人一个个走过，心中等待着那位穿白衬衫的男人出现。交通路口，红绿灯交替变化，车辆和行人都在匆匆赶路，各自有着自己的目的地。

雨点打到她的脸上、身上。

几分钟过去，仍然没有看到约会的人。紫云焦急地拿起手机，看看时间，看看短信，没有信息。 这时雨并不大，但路面上升腾起来的雾气让她有些恍惚。她抬起头，忽然看到一位白衣男子依稀站在哥伦布圆环对面的街口，从她站着的地方看过去，正好是直径的另一端。她赶紧低头，在手机上发出了另一条短信："你穿白衣吗？我好像看见你了。"

她想马上跑过去，忍不住拨打了那个电话号码。

"Hello，是你吗？佩斯？"她一边朝着那个方向使劲挥手。

"喂！"一个熟悉的声音传来，但电话马上就断了。

紫云隐隐约约看到对面那位高个子白衣男子正朝她走来。天哪！是他？刚才在路上遇到的那位？他应该已经看见我了。紫云心中升腾起一股甜蜜的诗意和热情的期待。

她抬头想看清楚，雾气和雨水打湿了她的眼镜。忽然，对面街口亮起了红灯，一辆大客车从眼前开过来，挡住了她的视线。她急切地等待大客车开过去，只是几秒钟，像是漫长的时间。她的心快要跳出来了，她的身子像钟摆一样摇晃得厉害，站不稳脚。

车开过，灯绿了。她抬脚快走，高跟鞋踩在水坑里，泥水溅到她的裙子上。她恨不得自己的鞋底装上轮子，可以飞速滑过去。她抬头朝白衣男人的方向走过去，突然发现这个人不见了。她不敢相信自己的眼睛。他走了？还是自己出现的幻觉？

"是你吗？"她的短信没有再收到回复。

忽然，天空中一道闪电从东边发出，直照到西边。大雨倾盆。

她等的人一直没有出现。

　　雨越下越大，紫云彻底迷失在纽约百老汇大街上。她抬起头，让雨水把自己洗净，像是把她身上所有的捆绑松开，放下。她向着前面有光的方向走去。

注：该作被选入《世界华人作家最佳短篇小说年选2025》。

卡夫卡"城堡"的启发

——《纽约地铁》创作谈

近十年来，我写了三十多万字的散文、访谈和非虚构纪实文学，这些都是"我手写我心"的本真文字，它是情感的直接投射，也是生活的记录，通常一气呵成，写完不会大改。出版两本书后，我不再满足于自己固有的叙述方式，渴望突破写作瓶颈，开始思考"写什么"和"怎么写"两大问题。

我向周围一些成熟的作家请教，但发现每个人的写作初衷和道路都不同，不能刻意复制他人的成功之道。

记得2023年1月，我向北美中文作协的李文心教授请教提高写作技能的有效方式。他说，每个人不同，像我们这样习惯上学的人，修一门写作课效果会不错。他提到作协的文友常少宏在疫情期间上了二十多门创意写作课，还写了一篇文章。我马上联系少宏，阅读了她写的《写作是可以学习的》一文。我向她了解这些创意写作课的训练方法，开始我想找地方上一门这样的课，但受到很多限制，我想为什么不请少宏给我们开课呢。于是我鼓动少宏开课，她答应后，我马上组班，约了身边七位热爱文学的朋友一起上课。

这篇《纽约地铁》是少宏创意写作课上的一篇大作文，开始起的标题为《迷路》。

　　我们八位同学过去基本上都没有写过小说，刚开始的作业都是比较写实的，缺乏小说语言，跳不开原型的生活框架。随着每周的上课、阅读和练习，学习小说的元素，少宏老师引导我们进入虚构世界，鼓励我们充分发挥想象力，摆脱写实模式，突破生活圈和原型的限制。我一直在思考下一篇大作业应该写什么。

　　正好五月底，我去纽约看望女儿和朋友，一路上我在读卡夫卡的《城堡》，那时我也参加了《南方周末》的小说阅读写作课。2024年6月是卡夫卡逝世100周年，重读年轻时看不懂（也没耐心读）的名著，听嘉宾老师的分享，我第一次进入卡夫卡所编织的世界，为主人公K的命运感慨不已。开篇就是讲城堡的土地测量员K想进入城堡，一本书都在讲他如何想方设法，但是一切奔波都是徒劳无果，一直折腾到他临死前也没能达到目标——进入城堡。书中的"城堡"象征什么？读者和专家各有解读。我将K的困境视为人类普遍的困境，开始思考如何在自己的小说创作中应用"意象"来编织虚构的世界，在故事线之外，让作品更有艺术性和思想性。

　　那天从女儿住处附近坐地铁去见朋友，她告诉我该怎么坐车，但我还是迷了路。我是一个方向感特别差的人，年轻时又在纽约生活过，突然想写写在纽约地铁迷路的感觉。于是构思了一个中年女子在约会途中迷路的故事，她找不到方向，走不出（生活的）怪圈，人生总是阴差阳错，但她依然向往爱情。地铁象征人生之路，白衣男子和诗人代表女主人对爱的向往。这是一个虚构的故事，受到卡夫卡"城堡"的启发。我没有网上约会的经历，通过上网查询，询问其他同学补充细节。

写作过程中，我发现写小说真不容易。它跟写散文不一样，小说的语言要求不同。我现在才明白为什么称小说是一种语言的艺术。我学到写小说要尽量多描写（Showing）少叙述（Telling），让读者身临其境去感受。但要写好小说非一日之功。

第一稿完成后，少宏老师马上给予肯定，这对于初学者来说非常重要。我的前一篇大作业写了一对母女跨越几十年的情感纠葛，有五六个人物。老师说，短篇小说无法承载如此长的时间跨度和那么多人物，而《纽约地铁》写的是约会路上一个多小时发生的故事，反映了生活的一个横截面，这适合短篇小说的主题和篇幅。

下一步是如何修改。专业作家说，好小说都是改出来的。老师也提到，每篇小说修改20至30遍都很正常。这需要巨大的耐心，同时也要知道怎么改，并且有动力和信心去改。

老师和同学的点评很中肯，认为我这篇小说的主题和意象不够明确，语言要简练。老师一针见血地说，你不要老老实实，把故事的前因后果交代得那么清晰，要有跳跃、留白、制造悬念，这样才能吸引读者读下去。这时我才明白，小说是精心设计的，不是随心所欲讲故事。好小说要讲究语言、结构、视角，要有冲突和高潮。开头要吸引人，结尾要有力。如何把写作课上学习的小说元素自然地融入自己的写作中，具有很大挑战。过去我在工作中习惯把事情的缘由交代得清清楚楚，但是写小说要改变我的书写习惯。

这篇小说我修改了多次，然后请几位成熟的作家朋友点评并给修改意见。我得到许多宝贵的意见，让我明确了努力的方向，但在具体修改上，他们的建议并不一致。有朋友说前面部分有小说的语言，后面则叙述过多，缺乏小说的腔调；也有朋友觉得前面找路都是重复，难以吸引人，更喜欢后面的故事。有作家朋友建议开头直接写女主人去约会，而且大写特写；也有的认为应该把"约会"这个秘密留到最后再揭秘。有些建议我采纳了。例如，有位作家说《迷路》这个题目太直白，我根据他的建议改成了《纽约地铁》。

在修改的过程中，我对提供点评的朋友充满感恩，学到很多。但我也再次发现，写作是一件非常私人的事，最终必须忠实于自己的内心，诚实地写作，才能找到属于自己的语言，写出独特的文字。不能刻意模仿他人的成功之路。

少宏的创意写作课结束了，这是我们一个新的开始。这篇小说我改了很多遍了，现在作为"结业作业"交给老师和同学们。感谢少宏的创意写作课，让我和每个同学学到很多。我们八个同学每人出一篇大作业汇集成书，这是一个完美的结业典礼；它的另一个意义，我们分享给有缘的朋友，希望大家可以看到写作是可以学习的，尽管每个人的天赋不同，至少能让你在原来的基础上更上一个台阶。

我已经开始期待写下一篇了。感谢少宏和同学们。

杨雷，来自中国浙江，现居美国加州硅谷。曾经做过美国书籍的插图画家，在旧金山的著名集团公司担任总公司的商业品牌设计师，作品获得过设计奖。目前从事投资，创业顾问。业余时间喜欢写诗和小说。把写作看成是对个人和时代历史的重要记录和表述。作品散见于中国和海外网上刊物，诗作被收入海外华人诗集《诗行天下》和《天涯诗路》等。

成吉思汗的腰带

杨雷

一

四十好几的孛儿帖依然听力敏锐，能从马蹄声中分辨出骑马人。但这次没有人骑在马上，平时嘈杂的人声好像安静了下来，劲风穿过各个毡帐发出呜呜声，远处多人推搡着的脚步声在往这边靠近。在这些声音中，她忽然清晰地听到一声长长的叹息落在地上，点着火盆的屋里顿时寒冷起来，仿佛大雪开始飘落，把她的鬓角染得雪白。她瞥了一眼坐在左手边的丈夫铁木真，只见他双唇紧闭，颧骨高耸的脸上有一种复杂的表情，一些埋藏很深的亢奋在脸上忽隐忽现，他正盯着红色毛毡墙上挂着的一把黑色牛皮鞘短刀出神。大家都知道这是他父亲留下的贴身短刀。铁木真从小就看到身为伊速部落首领的父亲用这把刀割破了巴阿部落首领的脖子。没多久，他父亲死在了别人的刀下，那时他刚九岁，也是在那年，他碰到了和自己同样年纪的札木合，第一次结拜为比兄弟还亲的"安答"。[1]

　　此时的札木合拖着一只受伤的脚，一步一瘸慢慢地走在几个蓬头垢面的札木合族侍从中间。他们身上的武器都已经被缴卸，后面跟着几个拿着长弯刀的铁木真士兵。上午的天空是灰暗的，十二月的寒风带着刀片，刮到脸上冰刺般的痛。这条通往金色毡帐的通道两边，站满了穿着厚重皮袍的蒙古将士，他们的女人和孩子们站得再远一点，大家都朝这边张望。札木合听见很多人小声议论着，他觉得听到自己的名字在他们嘴里被咀嚼得像是煮烂的祭品。他看着远处的金色毡帐，忽然想起自己的母亲札答兰氏，想起二十一年前，铁木真来到自己的金色毡帐求他去救他的新娘孛儿帖。

　　"铁木真今天来我这里了，他很急，求我帮他把孛儿帖从篾儿乞惕人手中抢回来。他现在比我们都高了！"他对坐在病床上的母亲札答兰氏说。

　　"札木合我儿，别忘了，你父王早逝，我们历经这么多磨难，你才成为我们札答兰族十三万勇士的统领啊，还是小心一点为好。铁木真是黄金家族的后裔，比我们的名声正统。蒙古姑娘这么多，犯不着去打篾儿乞惕人。"母亲拉着他的手，眼神忧郁，交给他一条她刚做好的黑色宽皮腰带，边沿有一排圆形的银色钉子，中间用金属丝绣着一只展翅的金色雄鹰。

---

1. 安答：古代蒙古人盟血的结拜兄弟，比亲兄弟还亲。

"母亲，铁木真是我两次结拜的'安答'啊，同生死，不相弃。再说，那些篾儿乞惕人当年也欺负过我，是时候教训他们了！"他忘了母亲后面还说了些什么，只记得他答应铁木真把孛儿帖抢回来时，铁木真眼里的亮光像是被点燃了，以后这光亮一直没有熄灭。没多久，札木合母亲札答兰氏就过世了。

"哗啦"一声，陈旧厚重的红色布门帘被掀开，冰冷的空气跟着一团光亮和几个影子很快撞了进来，光亮随着门帘落下消失。里面变得拥挤起来，除了正面靠墙大椅上坐着的铁木真和孛儿帖，一边一个站着的侍卫长，毡帐里一下子多出了六个人。札木合站在最前面，穿着裂了口的破皮靴，双手被捆绑在背后，五个侍从抖抖索索地排在他后面。

毡帐里的火盆，映红了每个人的脸。札木合和铁木真已经多年没见了，虽然他们经常在对抗的战役中想到对方。铁木真几乎不敢相信眼前的人就是他曾经三次结拜，生死与共的安答札木合。和自己同龄的札木合已经老了。刚四十的汉子，头发凌乱稀疏，两颊深陷，脸上的皱纹像干枯土地上的裂痕，前胸瘦得凹进去，他身上的蓝色皮袍子变得很宽大，磨得很黑，有几处刮破成条状垂挂下来，上面的毛沾满了污秽。他浑身破损得像是羽毛快要脱落完的垂死大雕，看上去很虚弱，身体在微微发抖。他身上只有那条扎得紧紧的银色金属腰带证明他是札木合，腰带上面雕刻的金色太阳已经褪成暗黑色，失去了光泽。铁木真不禁用手拉了一下自己黄色皮袍子上的黑色皮腰带，他清楚地知道绣着的金色雄鹰在腰带上的位置。

札木合看着坐在铺着虎皮宽大皮椅上的铁木真和孛儿帖，眼睛有点湿。岁月在不断打磨着每个人，铁木真比以前更加魁梧，孛儿帖原先圆润的脸已经被草原的阳光晒出很多棕色皱纹。那年札木合带领自己的上千名骑兵，加上铁木真的几十个侍从，打败了篾儿乞惕人，帮铁木真把孛儿帖抢了回来，那时她已经有身孕了，铁木真很高兴，说自己要有很多孩子。他和铁木真一起来到唐努山的悬崖边，第三次盟誓结为安答，他们立在呼啸的山风中，交换了衣服，交换了腰带，承诺共同享受一切，永不抛弃对方。铁木真送给他这条银色金属腰带，上面雕着一只金色太阳；札木合送给铁木真他母亲做的那条黑色皮腰带，上面绣着金色雄鹰。只是从这以后，札木合的记忆就开始变得模糊。

铁木真把眼光转向札木合手下的这五个人，他们衣袍破烂不堪，头发粘在一起，有几个人用草绳当腰带。他们仰头望着在火光照映下的铁木真，觉得他异常高大英武，不言自威。他们甚至觉得自己很快就会是这传奇军队的一分子了，又恐惧，又期待。直到几天前，他们还是札木合身边最忠诚的侍卫，跟着札木合出生入死二十年。十几万的军队，死的死，逃的逃，很多都投降了，札木合的情绪越来越暴躁，最后就剩下他们五个人还跟着他，大家都快逃不动了。就在昨天，札木合又发怒，用鞭子死命抽打他们，说他们烤的羊没有让他先吃。

"唉，札木合族全完了！这个该死的札木合，以为自己有多了不起，还那么凶。"昨晚等札木合睡着后，他们五个人凑到一起，其中的一个人说。

"嘘——小心点，他听到了，要把我们也像铁木真的俘虏一样给煮了！"

"要不……"

他们五个人商量了一个晚上，决定把札木合绑了献给铁木真。

今天一大早，铁木真就接到了札木合被出卖的通报。自从他占据了所有札木合的领地，早已胜券在握，却故意迟迟不去解决札木合，也没有派兵去追击。他非常希望听到札木合战死，或逃到中原去的消息，这样他们的过去就完美结束了。但没想到，他们竟然又见面，他还会叫他"安答"，虽然这个称呼在他们二十年的战争里形同虚名，但这个称呼对草原上的勇士们，象征了永远的友谊和荣誉。

"是你们把札木合绑了？"铁木真开口了，目光扫视了一下那五个侍卫，带着刀剑般凌厉的寒意。

其中一个侍卫本来想多说几句，但他看出了铁木真脸上的怒气，心沉了下去，只点了点头，不敢发声。

"我最恨下面人的背叛。你们这些蠢货，谁会留着背叛主子的奴才?!你们胆敢绑我铁木真的安答，都该死！"这些话又冷又快，铁木真声音低沉洪亮，旁边的侍卫长听了，拔出长长的弯刀。孛儿帖把脸转到了一边。两个侍卫长三两下就把那几个吓瘫了的侍从全杀了，有一个侍从跑了几步，倒在了毡帐门口。他们的血溅到了札木合的身上、脸上，流在了地毯上。几个士兵进来很快清理干净。那浓重的血腥味和烟火的味道交融在一起，让人想起数不清的拼杀战场。

札木合深深地叹了口气，还是一动不动站在那里，低着头，眼睛有些发红。他没有回头去看那些为他卖命、出卖他、又在他面前死去的战士。蒙古草原上的生命就像是微不足道的野草，没有选择地艰苦生存着，在寒冬时大片枯萎。他已经没有任何士兵了，自己是札木合家族的最后一个人，也等着挨一刀。他觉得对他来说，死亡还不是最坏的结局。帐篷外，一只受伤的老鹰在天空摇摇欲坠，没有人知道它的归宿。

火盆里的火焰窜得很高，把毡帐烤得很暖和，札木合已经很久没有在这么温暖的地方待过了。"札木合，我的安答！"铁木真这时走下台阶，把绑在他身上的绳子松开。札木合有点意外，两手摸了摸双臂，呆呆地没有说话。铁木真搭着他的肩让他坐到左边的一张牛皮椅子上。铁木真和孛儿帖耳语了一下，孛儿帖点点头，站起来对札木合说："札木合兄弟，你和铁木真汗先叙旧吧。"就离开了。铁木真叫侍从端来两碗酒，一碗递给札木合。他们俩一口就干完，相互把碗底给对方看，就像二十年前经常做的那样。但这次，铁木真的笑声好像从火炉里溅出来，宏亮刺耳。札木合脸上的肌肉挣扎着，拉动了下嘴角。他不断地给自己加酒，眼神空洞地盯着铁木真，就像是在盯着过往的岁月。

"铁木真，我的安答！"札木合终于轻声说了出来，嗓子像被卡住，牙龈隐隐作痛。他咬紧牙齿，不让自己的悲愤像火山一样喷发出来。二十年前，雄霸一方的札木合帮势单力薄的铁木真把妻子孛儿帖抢回来后，他发现自己的士兵们竟然更喜欢听命于铁木真，这让他感到心悸，第一次觉得这个比他弱小的安答将是他事业壮大的绊脚石。"你帮我去牧草茂盛的地方去牧羊吧[2]。"这是他对铁木真下的第一次命令。没想到，铁木真就此离开了自己，还带走了他手下几个最强壮的勇士！他这才意识到铁木真和他一样，不会听命于人，而想要成为蒙古可汗[3]。他开始带领自己的骑兵不断攻打铁木真，想削弱他的力量，让他臣服。

在过去的二十年里，他每次抬头都能看到天空里，有两只一白一黑的雄鹰一直在追逐翱翔，在草原、山谷、雪山。时间是漫长的，他已经不关心一年又一年是如何过去的，只有一场又一场的战役。每次打完仗，发现尽头是一堵越来越高的墙，上面插着铁木真的旗帜。他的很多士兵都战死了，在墙外堆起了山。很多人偷偷溜走了，他们也变成了这墙的一部分。自从他母亲札答兰氏过世后，这二十年里，他膜拜的神明长生天，好像指给了他一

2. 去草原牧羊：在古代蒙古，强大的人骑马牧牛，弱小的人去牧羊。
3. 可汗：蒙古的皇帝。

条通往雪山的路。他和他的战士们经常在雾蒙蒙的雪地里不停跋涉，越走越荒凉寒冷，呼吸越来越困难，很少见到太阳，却已经不能后退。

札木合环顾四周，觉得这个金毡帐和他以前做统帅时的毡帐很像，圆形墙壁和门框都漆成了暗红色，高高的穹顶上盖着一整张硕大的虎皮。那时他坐在中间，铁木真就坐在他的左手边。现在不同的是，铁木真在自己的椅子下面筑起了高高的台阶，让进来见他的人都必须仰望。小时候的铁木真总是模仿他，但学会后就把自己放到更高的位置，一次次地超越他。

"札木合，回来好！大家都知道我不会亏待安答！你来和我一起干，我们将很快成为'可汗'！"铁木真呵呵几声，没有提出卖这件事。尽管他知道外面和札木合打了那么多年仗的将领们等着看到札木合的尸体从这里被抬出去。他又和他干完了几碗酒，叫人把自己一套新的黑色皮大袍送给札木合换上。

"铁木真，不是我们，是你很快成为'可汗'了！"喝了很多杯酒后，札木合身体终于缓了过来，不再发抖，他听见自己口里说出铁木真的名字，觉得特别陌生。他不敢直视铁木真，知道他的每句话里都另有含义。

"札木合，你永远是我的安答。你今天好好休息吧，明天就会不一样！"铁木真站了起来，重重地拍了拍他的肩。

二

　　寒风在外面发出低沉的呼叫，几声洪亮的雄鹰啼鸣盖过了一切。

　　"我的王，祝贺你，整个蒙古草原都属于你了！"孛儿帖平静地说着。两个侍卫已经站到门外去了，毡帐里只剩下他们两个人。

　　"孛儿帖，我的王后，蒙古草原也属于你！"铁木真看着眼前这个陪伴了他许多年的女人，一直如此冷静、坚定，很像自己已经过世的母亲让他可以依靠。他知道她也在等着一个结局的到来，但他们都没有明说。孛儿帖浓密的长发披散了下来，里面夹杂着一些白发，她身子挺直，柔软的狐狸毛从黄色皮袍的袖口，高高的领口露出来，像一圈柔和的光罩在她轮廓分明的脸上。她眼睛狭长有神，鼻梁挺直，依然美丽，但已经不年轻了，跟着铁木真征战多年，历经草原风霜和太阳暴晒的古铜色脸上有了很多深浅不一的皱纹。在孛儿帖生了第一个孩子之后，他又有了不少女人，虽然孛儿帖一开始不高兴，但她有着蒙古女人的大度，她知道，激励蒙古男人去征服的动力，就是女人、勇士和马匹。他还和以前一样经常向她征求意见，觉得她的决定充满智慧。

　　"札木合安答回来了，真好！当年要不是他，我也回不到你的身边了！"孛儿帖试探着说。虽然他有不少年轻女人，但他今晚对她特别动情。札木合的出现，把他们过往的岁月都打捞了起来，洒上一层月光。今晚在亲热之后，他们又聊起当年为了去把她抢回来，铁木真带着札木合的军队去攻打篾儿乞惕人，第一次意识到很多士兵们喜欢听他讲话，相信他统一蒙古的承诺。

"你打算怎么处置札木合？"孛儿帖享受着铁木真久违的激情，有点感动，她在他怀里突然问了一句，又马上后悔，但她知道这也是铁木真今晚见自己的目的。

铁木真没有回答，他虽然盯着孛儿帖，但他的心思不在她的脸上。

"你有什么别的想法吗？"他问，声音很沉重，像是从遥远的过去传来。孛儿帖知道铁木真在问别人问题的时候，他自己其实已经有了答案。

"大汗，你准备让我做什么？"孛儿帖问，显然他有些想法，或许是可怕的想法，他更愿意从别人的嘴里听到。

"唉，札木合。"他轻声说。

"草原上每个人都知道他是你的安答！"孛儿帖觉得自己在铁木真面前变得谨慎了，他已经不是从前那个到处求人把新婚妻子抢回来的铁木真，他现在可以拥有蒙古草原上任何一个新娘。当然他也没有这样去做，他还会把自己漂亮的女人们奖励给最勇敢的将领。勇士们都把他当成兄弟，被他统一蒙古的梦想激励着，愿意为他去死。

"我不能杀他。"他顿了一下，伸出右手轻轻抚摸了一下孛儿帖的腮，手指冰冷，让她打了个寒颤。她听见他似乎在说服自己："我不会杀札木合。"

"札木合是救过我，但他也杀了我的哥哥！你忘了他是怎么对待我们被抓的战士们吗？"孛儿帖说，想起二十年来的往事，有点伤感。她很少看到铁木真在处置一个人时这么犹豫不决，她想极力配合他的情绪。

"孛儿帖，你真的老了，总在想着过去。我对这些已经没兴趣了！"这话让孛儿帖觉得自己脸上所有的皱纹都加深了，她把头扭向一边不作声，眼睛有点模糊。她仔细咀嚼了一番刚才铁木真的言语，心里升起一股复杂的感情，她忽然希望札木合不死，铁木真还像以前那么爱她，但她知道自己已经无能为力。一切都在改变，包括蒙古草原，以后再也没有群雄争霸的大汗们，只有唯一的霸主"可汗"！没有任何人能阻挡铁木真想做的事。

"我知道了。"她仰望着自己的丈夫，觉得她自己和札木合的命运，都像被一只看不见的手推着，按照无法改变的轨迹在往前走。她点了点头。

"可汗，只有明天要去征服！"铁木真忽然大声说，仿佛在宣读自己的想法，他的双目变得异常明亮。孛儿帖似乎看到一个巨大的车轮在滚滚前行，碾压着一切，铁木真站在上面，牵着命运的缰绳，浑身金光闪闪，后面尘土飞扬。

铁木真站了起来，身上穿着的黄色皮袍的下摆滑落，盖住了黑色的靴子口，在袍子外面，还套着一件毛绒的貂皮背心，那条札木合的母亲札答兰氏亲手做的黑色皮腰带本来是夏天才用的，但他这几天一直用着这条腰带。他迈开脚步走出毡帐，黄昏已经降临，外面天空一片灰蒙，仅剩的一点余光把远处的雪山和大地分连成一片。那只在天空盘旋了很久的黑色雄鹰飞了过来，在他的肩上扑腾了几下，就稳稳地站住了。

三

这是他们今年在冬季牧场的第一场庆祝盛典，庆贺札木合部落被打败。有一个所剩不多的小部落看到铁木真对札木合的礼遇，也自动投到铁木真麾下。这主营地方圆几公里，有上千个巨大的呈筒锥形的白色毡帐，只有铁木真的毡帐是金色的，是最大的三十部架三十个哈那。营地上到处都是篝火，把地上冰冻的泥土都烤软了。成百上千头牛羊被斩杀，不少士兵和他们的家人们忙着把整羊架在火上，大锅里炖着牛肉和奶，空气里飘着烤饼和烤肉的香气。孩子们穿着厚皮袍，欢叫着穿梭在各毡帐间，用木头削的刀剑模仿着战争的游戏，远处唐努山上的冰雪越积越厚。

铁木真和札木合坐在金色毡帐里，孛儿帖坐在铁木真的旁边，两侧坐满了铁木真旗下最英勇的将领们。札木合气色好了很多，他穿着铁木真送给他的黑色皮袍，扎着那条银色腰带。毡帐的门帘被卷了上去，不时有人进来向铁木真和孛儿帖敬酒。不少人对札木合投去了鄙夷的目光，他们中有些人曾是札木合的将领，后来投奔了铁木真。在这二十年间不少人的亲朋好友被札木合抓住，当他们得知札木合用大锅去煮铁木真的俘虏，很多士兵做起了噩梦。他们知道铁木真到最后故意不去追杀札木合，因为他们是安答。但没想到，他竟然被手下出卖。

札木合感受到在座将士们对他的敌意，他的双目只好一直盯着眼前的酒碗，不停地喝酒。他重新感受到了热腾腾的生命，但又觉得离自己的生命意义越来越远。他已经多年没有这么近距离观察铁木真。他比分开的时候更壮实，高高的颧骨比少年时柔和了很多，平坦的眉毛和眼睛分得很开，眼神和以前一样发着亮光。铁木真和前来敬酒的将士们说笑着，但从来没有失去矜持，札木合知道铁木真在观察着一切，没有人，没有一件事能逃过他的眼睛。札木合在二十岁的时候才意识到这一点，已经太晚了，那时他们两个已经交往了十一年。这十一年里，铁木真像海绵一样，吸收着强大的札木合，从札木合那里，以及所有他交往的人那里吸收到了一切。到最后，这团看似柔软的海绵变成了坚不可摧的火球，燃烧了整个蒙古草原，而札木合已经没有任何空间了：蒙古可汗只有一个。

"丁铃铃"，"丁铃铃"。外面有人牵着一头牛在走，那头牛的后面还拉着一顶小型毡帐，很多人在他身边起哄。拉牛的人叫豁赤儿，他到处和人说，他见到了神明。别人问他神明说了什么，他摇摇头，说，只能告诉铁木真。铁木真把豁赤儿叫了过来。

"豁赤儿，你说听到了神明的话，到底是什么？"铁木真问，声音洪亮。

"神明说什么了？"孛儿帖在旁边也急切地问。

豁赤儿很早以前是巴阿邻部落的人，加入铁木真部队已经很久，他脸色黝黑，背有点驼，穿着一件有好几个补丁的牛皮袍，脚上的棕色皮靴底快磨穿了。他不慌不忙地看了看札木合，又看了看孛儿帖，最后对铁木真说："请可汗到外面看看。"铁木真听到这个称呼，微微一笑，他转过头时，看到札木合正盯着他。铁木真站了起来，一把抓住札木合的臂，也对孛儿帖说："走，我们去看一下。"

外面已经聚起了很多人，大家都围着那头白色公牛和它拉的金色毡帐，好奇地东看西摸。当他们看到铁木真和他身后的札木合和孛儿帖走过来，人群自动像扇子一样打开。豁赤儿在铁木真面前鞠了个躬，用破锣嗓子大声告诉大家，这是一条被阉割过的公牛，他带来神明长生天[4]的话。那头牛有一人那么高，肌肉强健，四腿硕长，长着白色密集的短毛，头上有两只灰白色弯曲的粗壮牛角，浑身上下发出雪色白光。它后面拉着一个金色的简

---

4. 长生天：是蒙古民族神话中的最高天神。

易圆形毡帐，比它还要高出很多。白牛摇头晃脑地在围成大圈的人群转了一圈，直接走到铁木真的面前，牛的头往天空伸展了几下。铁木真正想要问什么，忽然听到有洪亮的声音响起："长生天说过了，在草原上，这座国土的主人叫铁木真，长生天让我载着国给他送去！"大家正想找是哪里发出的声音，白牛随即发出振耳的叫声"可汗！可汗！"人群一下子被这牛的声音吓住了，变得鸦雀无声。这头白牛竟然又重复叫了起来"可汗，可汗！"声音一次比一次响。人群里开始有人喊起来"可汗！可汗！可汗！"马上成千上万的声音加入进来，喊声变得很整齐，像洪水般迸发出一层层汹涌的波涛，漫过草原，漫过雪山，甚至漫向更远的平原和广大海域。很多小鸟和老鹰都被这声音惊起，他们在天空盘旋，像是在黄昏里飘动的黑色云朵。

札木合看到铁木真两眼望向远方，嘴角上扬，眼里的光亮像是点燃的火焰。孛儿帖站在他的身边，也加入了喊着"可汗"的波浪。

四

过了几天，铁木真去旁边的毡帐去看札木合。他正在独自喝酒，皮椅旁边有好几个空了的酒罐。

"可汗。"札木合说着站了起来，对进门的铁木真鞠了一躬。

“安答，我还不是可汗呢。”铁木真笑着摇了摇手说，两人都坐了下来。侍卫在铁木真前面也摆上了酒碗，倒满了酒。札木合换上了一条新的绿色棉布腰带。他说那条银色金属腰带让铁匠去修了。他的头发已经修剪过，脸色红润了很多。

“你已经不需要我了，你现在有了神明。”札木合盯着铁木真。

“我们先不说这些吧。”铁木真说，他狭长的眼光发亮，直直地看着札木合的眼睛。

“这是你想要的啊。”札木合被他盯得有点透不过气来，低下了头。

“你还是那么急。我们本来可以一起成为可汗。”铁木真说着轻轻叹了口气，好像在为往事惋惜。

“这个草原只能有一个可汗，我们都知道。我小时候以为我会是那个可汗，只要我找到安答来帮我。没想到，你才是唯一的那个，而我，是来成全你的。”札木合坐在那里，整个身体耷拉下来，一口喝完了碗里的酒，低垂着头，眼泪不断地涌出来。

“你是我的安答。一直都是。”铁木真忽然有一种久违的情绪涌上心来，眼睛也有点湿。

“我相信。但我们都以为自己是可汗。”札木合抹着眼睛说。

铁木真沉默了很久。他不禁又回想起父亲被杀的那一年，命运把他像草一样连根拔起，是札木合给了他崭新的土壤。

那一年，他的好朋友札木合送给他雄獐的指骨，以及用两个洞穿过小牛角制成的响箭。他则回赠札木合一块来自远方的小铜片，和一个用上好的柏木制成的箭头。两个一样年纪的少年，喝下从各自割破的手上滴在一起的血酒，结拜成为比兄弟还亲的"安答"。札木合比铁木真大几个月，就成了大哥。他那时候心气高傲，眼睛发亮，喜欢在唐努山追逐雪豹。他们俩在草原上比试刀剑和弩，札木合力气更大，铁木真动作更快，输赢结果总是不相上下。有天晚上，他们俩睡在一张床上，盖同一条被子，札木合兴奋得说个不停，他告诉铁木真，他在拜神明长生天，保佑自己长大后比做族裔首领的父亲拥有更多的领地，他不想只做"大汗"，他要做"可汗"。刚失去父亲和所有领地的铁木真，默默地听着。那晚，他梦到一只黑色雏鹰努力扇动翅膀，飞了很久找不到地方落脚，最后站到一块悬崖上。

"札木合，你知道吗？我父亲被杀后，我其实只想活下来。没有了父亲，在草原上活下来真难啊！"他想起那时自己为了保护母亲和家人的生存，把独自多霸占了几斤青稞面的大哥都杀了。"但碰到了你，我才明白，除了活下来，还有可汗的梦。札木合，是你教会了我什么是'可汗'！"。铁木真忽然意识到自己很久没有这么怀旧了，好像已经准备好和所有的过去告别。

"是我傻，一直都太低估你了，铁木真。我有多恨你，你知道吗？"札木合抬起头，他两眼红肿，黝黑的脸像是在水中浸泡过。他继续说："你让我变得残忍，不顾一切。你的士兵落到我手里，我想尽方法折磨他们！我受不了他们如此效忠于你！但我还是输了。长生天选中了你，而不是我。"他们一起陷入长久的沉默，两个人似乎都在聆听二十年来的金戈铁马声。他们也知道这是他们最后一次一起回忆了。

札木合先开了口，声音异常平静："孛儿帖昨天傍晚来找过我，她把你们昨天开会的内容告诉我了。她说在这次铁木真全体将领大会上，大家一致说长生天已经选定王，一致提议要杀了我。"铁木真不作声，看着札木合，眼神里有一股罕见的柔情。

札木合继续说："她说你对他们大发脾气！拍着桌子说铁木真绝不杀札木合安答！"铁木真微微点了点头。

札木合的声音忽然低了下来，像在嘟囔："孛儿帖告诉我，铁木真在会上说，让札木合去放羊。"

铁木真看着脚下的地毯，他现在扎营的地方，就是当年父亲的领地，现在草原上所有族裔的领地，都插上了白色圆形徽顶加金色飘带的旗帜，这是铁木真的旗帜，这旗帜也飘扬在札木合以前的领地上。

"札木合，你也可以离开，去大金！去中原！去任何你想去的地方。"铁木真看着着札木合，觉得他又熟悉又陌生，很多情绪在心里纠结，但自己已经没有耐心再在这件事上多停留了，他们都必须做决定。

"让我去放羊！哈哈，铁木真，不如让我死在你手里！我们都太了解对方了！我知道这才是你真正想要的。我不会离开蒙古草原的，我的灵魂只属于蒙古草原。" 札木合苦笑着，干咳了几声。铁木真听了，有点发愣，他吃惊地望着札木合，虽然他并不意外，还有点如释重负。

札木合抹干了眼泪，平静地说："让我死在最高贵的安答手里，只要你答应我，不让我的血流到大地上。我会在天上保佑你和你的子孙后代，我的安答。"他站起来，向铁木真深深鞠了一躬。铁木真赶紧站起来扶住札木合，脸有点红，他抹了下眼睛，和札木合紧紧相拥。

他们俩像从前一样喝了很多酒，又抱头痛哭了很久。

铁木真把札木合的决定告诉了字儿帖，她怔在那里，看清了自己在这件事上起的作用，也一下子明白了很多事情。她深吸一口气，几乎要哭，长时间没有说话。

几天后的一个上午，冬日的太阳无力地照在坚硬的泥土上，铁木真和札木合在毡帐前和字儿帖告别，他们脸上的表情都轻松平静。此时的字儿帖在往事里翻江倒海，感概万千，却没有对任何人说。她亲了下铁木真，拍了拍札木合的肩，最后大家都勉强地笑了笑，字儿帖的眼泪随即流了出来。他们两个各自翻身上马。铁木真穿着一件蓝色皮袍，黑色皮腰带上的金色雄鹰正振翅高飞，胯下是一匹黑色带白色斑点的马。札木合骑在一匹棕色马上，腰杆挺得很直，好像一下子年轻了许多。他穿着铁木真送他的黑色皮袍，换上了已经修好的那条银色金属腰带，那是他和铁木真最后盟誓时获赠、陪了他二十多年的腰带。那些少年时代的承诺和友情，成就了铁木真，却让札木合的命运转了个弯，驰向悬崖。六个侍卫骑马跟着他们，他们带着一个很大的麻布袋，两根粗绳和五把铁铲，一行人一起往唐努山方向走了。

看着远去的铁木真和札木合骑马的身影在山坡间变得越来越矮，最后消失不见，孛儿帖忽然觉得眼前的蒙古草原已经和以前不一样了。

到了下午，坐在毡帐里的孛儿帖听到铁木真和六个侍卫回来的马蹄声。

五

在次年冰雪融化的初春，铁木真和孛儿帖站在一个新搭建的高台上。孛儿帖穿着一件紫色长袍，戴着镶着金边的貂皮帽，旁边的铁木真穿着黄色大袍，腰上围着带金色老鹰刺绣的黑色皮腰带。他抬头看到了对面唐努山的高峰，在那个他们二十年前最后结拜的地方，札木合和他诀别，自选缢死，被埋葬在唐努山峰顶，躯体没流一滴血，在草原上保全了自己的高贵灵魂。铁木真昭告天下，赐予札木合，铁木真的安答，草原上最高的荣誉称号"札木合汗"。

蒙古草原的各个部族第一次聚集在一起，面对台下欢呼声雷

动的几十万人，铁木真携着孛儿帖的手，宣布把自己的名字改为

"成吉思汗"，蒙古草原的皇帝，孛儿帖为皇后。在众人的欢呼声

里，一白一黑的两只雄鹰在唐努山峰顶飞出，久久盘旋，尖叫。

《成吉思汗的腰带》创作谈

多年来，我习惯了写诗，经常一气呵成，完全是一种随心所欲的感性表达方式，很少去改动或考虑别人的看法。但学习写小说后，感觉完全不一样了，小说从构思到完成，有一个时间进化的过程，这中间掺杂了理性的结构和感性的创造，就像一个微型世界的诞生。我在2024年3月开始上常少宏老师的小说写作课，《成吉思汗的腰带》是我在写作课里写的第三篇习作，也是自己不断打磨成型的第一篇小说。选择"成吉思汗"这个题材，当时有两个原因。第一个原因，在讲到场景的那一课，老师建议，小说需要有创造性，我们最好选和自己很遥远的事物来写，这样可以避免初学者喜欢写熟人的故事，跳不出写实框架的习惯，所以，我就想选一个和自己完全不相干的事物来写。第二个原因，我偶尔在一篇外国名家的故事里，读到了作家对成吉思汗的简短描写，里面的可汗对外部世界的认知，以及外国人对这个征服者的崇敬之情，都让我产生了极大的好奇。所以我决定写有关成吉思汗的故事。

选好场景后，我开始在网上查找很多资料，我本来想写成吉思汗在欧洲的故事，但能发现的相关记录非常少。在查找过程中，我读到了成吉思汗和最好的朋友札木合的故事，以及他们之间的爱恨情仇，立刻被吸引了。但大部分的历史记载，都把成吉思汗说成是圣雄，而大大贬低了札木合，这很符合中国历史记载里常用的"胜王败寇"的逻辑。但如果我来讲这个故事，我就需要发掘出这些历史人物的真实人性。我决定把小说的主题放在：在权力和野心面前，友情的挣扎和崩溃。我觉得这种人性的矛盾也具有普遍性，而且跨越时代。因为是短篇故事，我想从最具有冲突的场景着手，就把故事设定在札木合被手下出卖，和铁木真、孛儿帖重新面对面开始，到铁木真对札木合的处置结束。我设定的主要人物有：铁木真，札木合，铁木真的妻子孛儿帖。故事情节主要是讲铁木真面对自己最亲的朋友的生死做出选择。

小说在八月份完成第一稿后，老师和同学都给出了很多建设性的意见，我自己也看出最大的问题是叙事太多了，不少的历史事件，堆积在长篇的段落里，让人看得乏味。但同时，大家也指出喜欢我的文字以及营造的历史场景，这让我的信心增加了不少。

在不断的修改中，我在九月份完成了第二稿。这时，我们的写作课已经结束了，但我们写作班的朋友们，没有一个退出，大家都在努力打磨自己的一篇小说，相约一起出书！我把第二稿放到群里，又收获了很多非常好的意见。这次大家提得最多的意见是关于铁木真的妻子孛儿帖的人物设定，以及她的对话，都觉得过于单薄。我自己也同时看出来，铁木真的人物描写和对话也有点过于公式化了。在这段时间，我自己也在不断地阅读各种小说，特别注意大文学家们是怎么来描写人物的，以及时代对塑造那些人物所产生的影响。这让我更注意去看自己笔下的几个人物，是否是丰满可信的？

又过了好几个月，多次改动到最后，我在孛儿帖的人设里加进了普通人物的心理，让她更接近一个真实的中年女性，有着对逝去的青春和过往岁月的怀念。而铁木真则是一个雄心勃勃，事业冲上顶峰的中年男人，有着枭雄的决断和野心。我把写完的这稿传给一个作家朋友，她说很喜欢。后来，我和小说家尉然老师的交流中，他对我的小说中的铁木真的人物提出了一些建议，我又进行了一些修改。最后，完成了这篇10196字的历史短篇小说。

我在写这篇《成吉思汗的腰带》的过程中，老师和同学都提出了很多有建设性的意见，并不断地相互激励，我前前后后大概改写了三十多稿，确实学到了非常多的东西。从第一稿到最后一稿，我看到了很大的不同。非常感谢常少宏老师提供的这么好的学习机会，也很庆幸碰到一群完全因为热爱文学而孜孜不倦相互鼓励的同学们，大家一起努力，未来可期。

　　雨侬，来自古都金陵，汉语言文学专业；做过媒体人，广告人，也是二十多年行走于东西文化的边缘人。

　　年过半百，初见生命无言之美。

　　无论是面对生命，还是短篇小说创作，我还只是个小学生。

死亡咖啡馆

雨侬

一

2022年底，是我做幼儿园老师第十年，在死亡咖啡馆兼职的第二年。

适逢圣诞长假，口罩令刚解除不久，苏兴致勃勃地安排两家人吃饭，也算是给父亲迟到的接风洗尘。餐厅选在了旧金山城里一家实惠的老牌广东菜馆，非常契合在闽南生活了多年的父亲的口味。苏越是细心安排，父亲就越是认定这场饭局是和亲家的正式见面会，并反复和我确认是不是该穿他唯一的那套藏青色西服。他说一切都可以听我安排，但不要告诉苏家母亲他住在养老院。"我是为了你考虑。"他意味深长的语气里，没有责备，饱含着一丝让人陌生又熟悉的家长做派。

进城的交通很糟糕，更糟糕的是，我们都不太习惯单独待在如此狭小的空间里。没有错，在我三十五载的人生里，我和父亲鲜有机会被紧密地绑定在一起，时间和空间都如此。打开收音机，里面正播放着泰瑞莎的"里斯本的故事"，癫狂的吉他声朦胧地挑逗着车里隐晦的尴尬。说话异常节约的父亲问道："那个孩子，和你好吗？"

那个孩子是安东尼，我清晰地记得第一次见到他的样子。

那是去年感恩节之后，幼小班来了一名转学生。印度校长牵着一个有着小鹿般惊慌眼神的三岁多男孩子走进教室，紧跟着的是位穿中式改良旗袍的六旬妇人，厚实的身板和世故的眼神；后面跟着的中年男，脸上带着温和而疲惫的笑容。

"这是安老师，这是刚从中国来的安东尼。"校长把男孩子推到我面前。

我半蹲下来，安东尼盯着我手中的图画书。"班比！"他像遇到老朋友一样高兴。

我把书打开，安东尼乖巧地将注意力投入到书中。真是聪明的孩子！我是在很久之后，才发现躲避外界的方法之一，就是看书，或者假装看书。

"你会说中文？"老妇人见我点头，立刻热情地靠上前。"我就说这个学校来对了！安老师，我们能在美国遇见真是缘分啊！我孙子可聪明呢，最听老师话！请你一定要多关照！"她自然而然地握住了我的手，没有放开的意思。我转头观察安东尼，他的眼睛牢牢地盯着书，全身所有的细胞却都在关注着外界的动静。

学生们陆续到了，突然有个孩子双手捧着什么冲到我面前：

"安老师，我在停车场发现了一只受伤的鸟！看！"是只麻雀，细巧的小脚轻微挣扎了两下，没了动静。

孩子们好奇地围了上来，安东尼甚至伸手轻抚了一下小鸟的尾巴，"它，死了吗？"

我还没来得及回答，老妇人猛地惊呼一声，一巴掌将小鸟掀翻在地，"死鸟！赶紧扔了！"

小鸟在地上翻了个身，彻底不动了。

中年男人双手拉住了老妇人，几乎是半推半拉地离开了教室。

他就是苏。

我轻吸了口气，对父亲道："那个孩子和我一样，很早就没了妈。"

安东尼看见我们走进餐厅，高兴地起身，又马上被苏按住在了儿童座椅上。"安伯伯，家母突然身体不舒服，今天不能来了。"苏忙不迭地迎上来，满脸的歉意，"她向您问好，改日一定去拜访。"我不由地松了口气，父亲似乎也一样。

苏很会点菜，大家吃得倒也欢喜，一度让我生出"父亲和苏彼此和谐"的幻觉。如果没有安东尼的那个提问，这可以称得上是一次完美的晚餐。

安东尼吃饱了，一边在涂色本子上乱画，一边很认真地问我，"安老师，大人也会做错事吗？"

"当然会啊。"我点点头。

"那你快说对不起。"他扬着小脸热切地恳请着，"我不喜欢你被开除！"

苏一把拎起孩子奔向厕所，留下错愕的父亲和我。

"没有那么严重，就是一封家长来信。"我尽量简短地告诉父亲，"有家长投诉，说作为一个幼教老师，同时在死亡咖啡馆兼职，担心善良又无知的我，会不小心将死亡和病气传递给孩子。"

"你为什么要去死亡咖啡馆兼职？"沉默了一会儿，父亲质问道。

"你为什么要来美国？"迎着他的目光，我在心里快速地回应着，但最终只是说，"咖啡馆小费很多。"

两周前在校长办公室里，印度女校长问过我同样的问题，我给了同样的答案。她饶有兴趣地看着我说："我也喜欢小费！安老师，你一直是我最信任的老师。在我们印度文化里，从来没有风水一说，不过现在不是个好时候。"她耸了耸肩，"都是疫情闹的，大家对传染比较敏感。"她嘴上表达着同情，但神情却明显地有些幸灾乐祸。"如果你需要学区工会的建议，我随时都愿意帮助你。"

我的脑海里闪过班上唯二的两个中国孩子，包括安东尼。

"你为什么想来死亡咖啡馆兼职？"当年面试咖啡师的时候，老板娘梅姨同样问过我。

我不停地左手搓着右手，右手搓着左手，像是手掌里捧着一团灰突突的回忆，不知怎么就搅和成了遥远的黑白片。

"有一次我买咖啡的时候看见你。"我从久远的黑白片里找回某个片段。那是我第一次走进死亡咖啡馆，店里很冷清，只有一位瘦小身材的西裔男人排在我前面。他穿着洗得泛白的灰色套头衫，点完咖啡后，局促地在钱包里数着硬币。男人对梅姨说："你可以帮我一个忙吗？"肯定是钱不够，我正想开口帮忙，又听见男人说："我今天要做一台手术，不知道手术会不会成功。你可不可以给我一个拥抱？祝福我一下？"他很自然的样子，就像在询问要叠餐巾纸。梅姨从柜台里走出来，她的眼里看不出动情的怜悯，她的双臂揽过男人的胸膛，像是怀抱着风尘仆仆归来的孩子，右手自然地在他的后背上拍了几下，大声说了句："Good Luck！"

男人回过身来，看见正在流泪的我，着实吓了一跳。我嘟囔着"祝你好运"，听起来更像是哽咽。

"原来是你！"梅姨笑了，"那天的拥抱，买一送一！"

那天，她安静地拥着我，我在她的怀里继续啜泣，无法抑制越来越响的哭声，完全忘记了这是在咖啡馆，而且是在一个陌生人的怀抱里。有人推门进来，但始终保持着安静和克制。那场哭泣是幸福的，以至于很久很久，我都不好意思踏进咖啡馆。

"所以，你感兴趣的不是咖啡？"梅姨的神情认真起来。

是的，比起咖啡，我更想认识死亡。

我们匆匆结束了晚餐，谁也没有再提投诉一事。父亲一路上都在闭目养神，后视镜里的他，感觉比真实的年龄要苍老很多。他问我要了死咖的地址，并问我是否介意偶遇。

"我倒要尝尝死亡咖啡的味道。"他似乎突然有了某种不寻常的好奇心。

二

一开始，你是看不到它的。忽然之间，它从天而降，如同看不见的天网，笼罩在你目力不及之处。愁云和惨淡，消失和断裂，瓦解与空洞。但是人们不谈论它，唯有默默承受，缄默不语，同时又胆战心惊地等待它的降临。

但是，一切依然有迹可循。

我和苏，在彼此的身上嗅到过死亡的气息。那彷佛是某种刻在骨子里的印记，当你感觉即将接近幸福的时候，它会像微风吹响风铃，隐约的回音让你的心悄然颤栗。

我们刚开始约会的时候，苏常带着电脑在咖啡馆一边写代码，一边等我下班。这里的客人鲜有聚众嬉笑的，他们通常喜欢在咖啡馆后院的某个角落，安静地独处。还有的人，只买一束白鼠尾草，在梧桐树下做"净化"。

"你真的相信死咖的传说？"苏不止一次地问。"那些快死了的人，他们的祈祷真会得到回应？真的有用吗？"

"你说的有用，是指不死？死咖不能让你免于死亡，上帝也不能。"我回答他。

"那么，这里的咖啡添加了特别的成分？"他还是不死心。

大多数时候，我们的话题围绕着死亡咖啡馆里发生的故事。咖啡馆的网站上最活跃的栏目是"我与死亡的相遇"，有人在这里连载癌症的最后时光，有人会发布写给逝者的告别信，还有人会询问死亡相关的信息。每个从我手里接过咖啡的客人，有可能就是在帖子里写下哀伤的人，这让我在咖啡馆的工作变得神秘又饱含深情。兼职半年后，我自认为也算是见过世面的人了，我的意思是，在目睹了许多不同的死亡故事之后，偶尔，我们也会假装勇敢地碰触一下自己的内心。

有一次，我们谈到苏的前妻。"你们，当初是因为相爱在一起的吧？"我问。

"刚开始，是吧。" 他沉默了好一会儿，似乎正艰难地吐出一块苦涩的东西。

"如果你现在站在她的面前，你会想和她说什么？"

突然之间，苏像见了鬼似的跳了起来，"我永远都不要再见到她！"

曾经，他将她亲自送上神坛，然后再从神坛上拉下来。他遭遇过的因为出轨带来的最沉重的打击，永久地抹杀了他们曾经的爱情。这件事，他永远不会忘记，也不会原谅。而死亡的降临，让他失去了一个当面报复她，让她悔不当初的机会。他的怨恨和无力感，即使在我们温存的时候，也会以某种奇异的方式露出端倪。所以，当他偶尔贬低逝者，我会想，这是不是他在抵消自己本该做某些事情却未能尽心的愧疚之举呢？

死亡会削弱你的力量，三十年前我就知道了。

五岁那年，妈妈生病走了。奶奶紧紧地攥着我的手，像每一次送别外出工作的父母那样，我茫然地看着哭瘫在地上的父亲。因为太小，我不能理解死亡是什么；有人告诉我，奶奶会护佑你，你要勇敢，等你长大了，你要代替妈妈照顾好爸爸。

"照顾好爸爸！照顾好爸爸！"当我渐渐长大，曾多次回顾这个使命，都有一种想要挣脱逃离的冲动。还好，爸爸很快被一个漂亮阿姨照顾了，而我和奶奶继续生活在老家。有一次我发高烧，昏迷中喊着："妈妈，我冷。"奶奶瘦瘪的身体拥抱着我，嘴里应着，"我在这里，不怕不怕！"估摸着后来有好几回，我调皮地喊过她妈妈，她也自然地答应着。

妈妈走了，死亡住了进来，就像一个隐形的房客。我无法看见他，我可以想象他。死亡说，安静，你没有妈妈了。我说，是的，我没有妈妈了。死亡说，你要记得妈妈的爱。我说，我已经越来越记不起来了。死亡说，你还有奶奶和爸爸，我也爱你。我跪下来，说，不要，我投降，请你放过我吧。

与此画面粘在一起的，另一个死亡的画面，是奶奶。我准备出国留学的时候，奶奶已经卧床不起了。回到老家住了几天，我一边在心里对奶奶说对不起，一边惶恐不安地害怕接到死亡的邀请。到美国过了半年，我接到了奶奶去世的消息。那时候我没有钱，没有签证，更没有勇气。当然，这是说得出来的理由，说不出口的，是我害怕当死神的黑斗篷落下的时候，有谁会攥紧十九岁的我的手呢？

我没有看见奶奶死，奶奶就没有死。父亲发来过关于葬礼的照片，没有点开就被我删除了。我没有哭，我不喜欢自己哭的样子。那年在死亡咖啡馆梅姨怀里的哭泣，只是一场意外。

我固守着自己渺小的生活，对于任何太过刺激的事情，选择闭上了眼睛。

白天，我是所有人眼里温柔的安老师，一个人的时候，那个"死了也许也不错"的声音才会调皮地从脑海里跑出来。生活单调又乏味的我，像是被一股神秘的力量尾随着刺激着，而死咖简直就是直接进入了死亡的老巢！哪怕素未谋面，哪管一无所有，从邪恶到软弱，从灵魂到眼睛，在死亡边缘挣扎的人们，不惜代价地寻求着，寻求一点点的爱。

突然，我被自己的发现惊到了！我的身上是不是真的携带着某种不吉利的气息？那个投诉我的家长，是否早已发现了什么端倪？

是的，我早该知道，当你对任何事件着魔，你同时会被施魔。

校长好心地传来简讯，由于招生不足，新学年恐怕会有一次大裁员。"安老师，如果我是你，我会从大局考虑。"校长的暗示再明显不过，电话里的苏，更是着急地给我下了死命令："你今天就从咖啡馆辞职！如果没了正式工作，你连医疗保险都成问题！"

那天晚上，我锁好咖啡馆的门，失重般地走回家。我听到球鞋踩在落叶上的沙沙声，路灯把身影拉得魔幻般细长。我在走向某个终点，抑或是启程下一场寻找？公寓就在前面，我却无法到达。

"这孩子生性凉薄。"曾经不止一次地，我听见父亲这样对外人说。

即便是个孩子，我也知道这句话的含义。我不怪他。

离开奶奶和老家后，我直接进了寄宿学校，即便放假也很少回父亲的家，我们似乎都暗暗庆幸着不必为了适应和融入彼此而倍感艰辛。

我拒绝着一切和竞争相关的东西，不喜欢争和抢，也无法享受过山车之类的速度游戏（其实，我只在十岁生日的时候被爸爸和漂亮阿姨带去游乐场玩过一次）。我的生活状态一如我的名字"安静"，安于现状，寂静泰然。这样的日子说不上不幸（除了我爸觉得我成为老姑娘是某种不幸之外），但和幸福也扯不上太多关系。

缺乏幸福感对于我来说，绝对不是一件坏事。同样地，我对不快乐的痛苦感受也相对迟钝。我举个例子，你可能就明白了。几年前，我爸在中国小中风了一次，他随即提出要跟我出国，让我带他到美国定居。"我就只有你一个孩子，我只能跟你走！"他一副离开我就活不下去的样子。我顺从地答应了。"照顾好爸爸"是粒沉睡的种子，什么也不需要做，也会静静生根发芽。

"你怎么可以送我进养老院？这简直是绑架！"几个月前，父亲生气地向我咆哮。

我没有给出理由，也没有改变心意。

他在走向衰败，我在袖手旁观。

好吧，我承认，我对死亡这件事还是在意的。如果可以向死亡讨价还价，我希望自己不要总成为那个送人到终点的人。

只有梅姨说，死亡更是一种能量。如果我们心力足够强大，大到能够热爱所有的一切，我们就会发现，死亡对于每个人都同时是掠夺者和给予者。

"不要小瞧死亡咖啡馆。"梅姨说："死亡不是名词，是鲜活的携带能量的正在进行时。"

"你的意思是，我们从出生那刻起，就踏上了死亡之路？"

"孺子可教！"她向我伸出手，我连忙伸手握住。她的手绵软无骨，但内力不浅。

二十多年前，新婚不久的她从福建来到加州，不曾想一次事故成了寡妇。西裔丈夫留给梅姨欠着两万美元债务的咖啡馆和一个不喜欢东方人的倔强老婆婆。我缠着梅姨教我如何看见死亡的能量，她只是说，能量一直都在，但是被我们纷杂的心念遮挡了。而白鼠尾草可以帮助我们做身心的净化。

那个夏天，梅姨穿着白色的麻质长袍，左手握着一束晒干的白鼠尾草，点燃后，点点火星在末端闪烁。她的右手轻握着左手腕，逆时针缓慢地舞动了三次，然后举过头顶。烟雾像淋浴花洒的水珠，倾泻而下。奇怪的是，明明有风，在梅姨的周边却似乎有一层看不见的屏障，白鼠尾草的烟雾螺旋向下，直至包裹住她的身体。接着她席地而坐，将白鼠尾草安放在身体左前侧，轻轻地闭上了眼睛。她可以这样坐上很久，很久，和所有来这里祈祷的咖啡客人们一样，他们仿佛去到了另外一个世界。

"如果你能彻底地安静，你内心的困惑会被聆听，你将得到某种启示，也可能什么也没有。"这是死亡咖啡馆的传说。对于这套仪式，我有些不置可否，类似的祈祷方法，我在很多电影和书里都看见过。

"越是安宁，你的心意就越容易被听见。"梅姨说。

"被谁听见？"我一脸的迷惑，"又怎么知道是否被听见？"

"也许是，被自己听见？"她嘴角掩不住的笑意。

那不就是自我对话吗？我一个人的时候，脑子里经常有两个人在对话，有时候还是一场没有开始没有结束的杂谈。可是，自言自语是很稀松平常的事啊。

白鼠尾草开花后，梅姨带着我们晒制干花，邮寄给世界各地的人。形形色色的咖啡客里，我见过不少经常出现在电视和报纸上的面孔，只是我们都假装不知道他们是谁。

　　我的白鼠尾草烧了一次又一次，在梧桐树下坐了又坐，什么也没有发生。

　　如果我的心是冰冻的雪山，我希望死亡可以击碎心底的荒凉；

　　如果死亡是神秘的存在，我希望此刻可以将其召唤。

　　咖啡馆的网站上出现了这样的诗句，仿佛某种召唤正在走来。就在那个深夜，我在咖啡馆网站的贴吧里，写下了一句苍白的问话：我希望在活着的时候了解死亡，没料想伤害到忌讳死亡的身边人。我该怎么办？

三

　　新年长假里，病毒感染的数据果然升高了。无处可去的我，承担了死亡咖啡馆所有的早班。只要不下雨，我都喜欢走路去咖啡馆。从公寓到咖啡馆大约步行二十分钟，途中经过我供职的幼儿园、轻轨站和一个商业区。

　　咖啡馆是一栋上了年纪的土坯房子，土黄色外墙已剥落过半，露出了青色的石块。要说咖啡馆有什么特别之处，除了香醇的咖啡和后院盛开的白鼠尾草，就要数后院西南角上那株上百年历史的美国梧桐树了。据说在六十年代末，梧桐树遭遇过一次雷击，主干三分之一处被垂直劈开，留下了一个巨大的空洞。如今这树在裂开的两侧分别抽枝散叶，愈发显得不可一世。

每个来咖啡馆的人，最先看到的是外墙上用各种文字涂写着的："我从地狱来，要到天堂去，正路过人间。"每次当我走近，都会不由自主地在心里说一句："你好，人间！"尤其这几天，仿佛看一次少一次，让我因为即将要与其暂别，而愈发有些伤感。

还没到营业时间，一个穿藏青色西服的老人正面对着"人间"二字端详。几天不见，他似乎又瘦了些。

"有件事情要拜托咖啡馆。"他手里有一叠打印好的A4纸和一个信封。"我打听过了，咖啡馆可以承办追思会。"

"是的，是养老院的哪一位去世了吗？"

"是我。"他咧嘴笑了一下。

"嘿！开什么玩笑？" 我的眼里一定飞出了小刀，刺向眼前这个给予我生命的人。

"你来这里上班，不就是为了了解死亡吗？"他眼睛盯着远方，好像空气里有个真正的我。

我来咖啡馆上班，是为了了解死亡吗？

被人窥探的恼怒冲上心头。"你嫌我现在麻烦还不够多吗？你玩这些花样，是为了报复我把你送进养老院？"

实际上，沦陷在他的自说自话中的我，什么也做不了，只是张开嘴，啊了一声；就像很久很久以前，他和漂亮阿姨挽手而去，我对着他们的背影，什么也做不了。

"参加自己的生前追悼会，这个主意不错吧？"他把厚实的信封和A4纸递给我，像是扔下了个烫手山芋。"好好做，我可是给了很多小费。"

A4纸上，手写着父亲的生平，一个除了名字和年龄之外，我一无所知的生平。

梧桐树还是光秃秃的枝丫，但是在这些平淡无奇的地方，很快就会冒出新芽，就好像看似安然的我，周围也暗藏着看不见的旋风。

苏的一个老乡在法学院，自告奋勇给我出谋划策。她问了我一个问题：死咖和幼儿园，你能找到他们之间任何相关性吗？我倚靠在梧桐树干上苦思冥想。

那只麻雀？

那天苏和他母亲离开后，我琢磨着怎么安抚孩子们的情绪。安东尼悄悄地走到角落里，把头埋在了小桌子上。梅姨说过，生与死是能量的转换，只是我们无法肉眼看见。我问孩子们："如果小麻雀今天死了，你们说它会继续成为一只新的小麻雀吗？我们一起来动脑筋，把好主意画在纸片上，送给小麻雀，好不好？"那天，小麻雀被装在了一只鞋盒里，孩子们手绘的小卡片好像温柔的被子，铺满了盒子。

如果我死了，我会如何转换？什么是我活着的力量？我不由得再次叩问自己。

突然，一阵风从身后飞起，扑通一声，好像有重物从空中坠落，我回头，并没有发现异常。但是，如果特别特别小心，似乎可以听见一阵遥远的鼓声在逼近，时断时续。

十点刚过，咖啡馆的电话繁忙起来，我一个人负责点单和冲泡咖啡，忙得满头大汗。梅姨冲了进来，她兴奋得满脸通红。

终于，店里只剩下我们两个人。

"诗会！"她的双眼发光。

"死咖诗会？什么时候？" 我来了一年多，还没有机会见识死咖诗会。

"跟我来！"她快速走向后院，我紧跟在后面。

她站在梧桐树下，仰头望住树洞处。"是你发现的，要由你来主持诗会。"

"我什么都不懂……"

"你被选定了。推辞不了。"

"我，要做什么？"我既紧张又兴奋。

"上去，看看里面是什么。"

爬树，这可难不倒我。几个纵身后，我骑跨在了六尺高的树杈上。树洞里黑乎乎的，什么也看不见。

"把手伸进去找一找。" 梅姨在底下喊。我一手抓住旁边的横枝岔，努力稳住身体重心，另一只手探向树洞深处。冬至已过，我在一点点冒汗。

鼓声又出现了，这一次彷佛来自地心。我的右手在树洞深处一点点地摸索着，突然指尖触碰到毛茸茸的东西，吓得我大叫一声："有只死鸟！"

四

死亡咖啡馆闭馆三天，除了吃饭睡觉，我们所有的精力都放在了筹备元旦前夜的死亡诗会上。对于我来说，这似乎更像是冥冥之中死咖送给我的一份离别大礼。咖啡馆的网站几乎被投稿挤爆了，关于诗会的主题讨论，更是众说纷纭。梅姨忙着处理网上来稿，设立网上直播，我和其他人负责现场五十位来宾的白鼠尾草和咖啡饮品。除此以外，我需要熟悉诗会的流程。但是，我至今不知道诗在哪里。

要不要邀请父亲和苏参加诗会？我贸然地发出邀请，很快有了意外的答复。父亲简短地应允，一定不会错过网上直播。反倒是苏的反应让人有些摸不着头脑。"我妈说你什么都好，就是单纯加固执！"他竭力阻止我，仿佛做错事的不仅是我，还有他。"敏感时期做直播主持人，你不怕最后损失的是你吗？"我正要回复他，梅姨来找我了。

梧桐树下，我们面对面坐着。地上的托盘里，是我昨天从树洞里取出的羊皮纸卷，正面是一只鸟的木刻图案。梅姨穿着件蓝色的粗布棉袍，鬓角的白发上别了只蓝色小鸟发夹。

她注视着羊皮卷，深情得犹如是在端详亲密的爱人。

我注视着她，心想，如果梅姨是我的母亲，该有多好！

"认识吧，这是我们这里最受欢迎的波旁和帕卡马拉豆子。"她从口袋里摸出几粒饱满得油光发亮的咖啡豆。"得益于萨尔瓦多的高地火山和独特的气候条件，这些豆子醇香浓郁，浅烘或深烘都能产生不同的风味和口感。但是当年在咖啡田里工作的印第安人，就没有这么幸运了，他们多年来过着奴隶般的生活。九十年前的今天，是的，就是今天，萨尔瓦多西部高地咖啡产区的印第安人，发动了农民起义。说来也巧，当天晚上伊萨尔科火山突然爆发，仿佛是为造反者们助威。"她停下来，叹了一口气，"独裁者马丁尼兹为了咖啡田老板和上流社会的利益，下令对印第安人展开了血腥屠杀，当年共有三万多人死于这场杀戮。"

三万人？我们这个小镇的人口不过如此。突然，我想到早上的新闻里说，疫情肆虐的2022年，公开报道的全球死亡人数已经超过五百万。

"印第安人从此开始隐匿生活。有个秘密的说法，每逢世界灾年，那些饱受苦难的先灵们会结集出现，用不同的方式帮助受苦的众生。"

"死咖诗会是其中一种？"我问道。

"是的，我从我亡夫那里听到过，这间咖啡馆因此而存在。"

"我们究竟要做什么？"我突然紧张起来。

梅姨轻轻打开羊皮纸卷。三个烫金的V字显示在扉页上：

暴力（violenta），邪恶（vil），空洞（vacía）。

"点燃白鼠尾草后，大约有十分钟的静默时间。你需要让自己全然地放松，放下所有的情绪和念头，把自己想象成一个空杯。当篝火点燃，你会听见鼓声，等你准备好，请来到现在的位置，朗诵下一页的诗句。"她翻开羊皮纸，将诗页推到我面前。

我完全看不清楚纸上写的是什么。不，我的意思是，我认识纸上每一个英文字母，但是打开的一瞬间，一道炫目的蓝色光芒从字上喷射而出，它们似乎穿透我的视网膜，我的五脏六腑，穿越我及其周边一切生命的前世今生；最终，这光被树洞吸纳而去。

也许过了很久，也许只是瞬间，蓝光隐没；我彷佛被点了穴道，回不过神来。

梅姨合上羊皮卷，笑意盈盈。"还有时间，你回去先休整一下。诗会会很忙，咱们晚上见。"她起身离开，留下六神无主的我。

刚才的一幕栩栩如生地印刻在脑海，每一个细节都是那么清晰可见，令人心生……悸动。生命总是以隐喻的方式在与我对话，这一次是不是在提醒我，生命真真切切包含着看不见摸不到的存在？死亡，究竟是蕴含着怎样的能量？

我因为有可能触及死亡的讯息而辗转难安。

我甚至开始觉得，如果能在死亡之前，亲自和这个世界告别，是个相当不错的主意。

终于到了死咖的诗会时间，现场来宾都自觉地戴着口罩。他们有的是被医生判定只有几个月生命的病人，有的人是刚刚在疫情中失去了亲人，还有的和我一样，对死亡充满了质疑和好奇。

加州的冬夜，寒风习习，我和人们一起围坐在梧桐树下。白鼠尾草点燃后的烟雾像母亲温柔的手，轻抚着每个人的肌肤。恍惚之间，我好像觉得自己是在幼儿园里，带着一帮大孩子玩游戏。要怎么解释这种心情呢？这么说吧，就好比你非常明白地知道自己即将开始去玩一个游戏，只是一个游戏；你带着全部的尊重和满满的好奇心，全神贯注，但又完全不在意这个游戏的结果和目的，你只是参与，全身心地参与其中，同时又可以随时全身而退。游戏是游戏，你是你，你和游戏互相成全，完成属于你的游戏。

咚，咚，咚咚……坚定而遥远的鼓声从树洞方向传来，从梅姨的框鼓传来，和着心率与呼吸的节律，我缓步走向中间的篝火，火焰的温暖如太阳般融化着我的神经……

后来我无数次回想，当晚的诗句是从我的口腔发出，但同时也是出自所有人的心间；语言，原来是山河大地与人类共同完成的一种共振。

死亡将近，

我的身体承载着远古宇宙的信息，

孤身前行。

我喊出我野性的怒吼，站在世界屋脊之巅！

当我死去，

树枝弯折，枯干高悬，

风里回荡着它的哀歌。

过了一年又一年，

没了树皮，落了树叶，

光秃苍白又疲倦。

不想再长长地活，

不想再长长地死。

究竟要死上多少次，

我们才能过上想要的人生？

　　火光和鼓声，分不清舞动的是人群还是火焰，听不明撼动心弦的是哭声还是风吟。

　　我从来没有过如此放松的体验，仿佛每条肌肉都放弃了控制，每个细胞都张开了眼睛，那些曾经有过的大大小小、远远近近的哀伤和挣扎，随着呼吸的开合，震荡开去。

北方的天空出现了一丝光亮，如同被宇宙来的风吹得摇摇晃晃。那一刻，好与坏，生与死，在一起，从来没有分开。

我在那个当下，意外而又轻松地为自己做了一次新的选择。

五

新年假期后幼儿园开学了，疫情仍然不容乐观，开学日只来了一半的孩子，家长和老师们聚在小礼堂里等待开学典礼。我布置好走廊里的简餐台：纸杯，咖啡，茶，贝果，酸奶，应有尽有。

苏和他母亲也来了，两个人看上去都有些气呼呼的。我这才想起，自从诗会前我们的小冲突到今天，已经过去快一周了。校长说了一通去年说过的新学期致辞，重申一遍疫情政策，她说："我们处在一个特殊时期，病毒是狡猾可恶的，但要记住我们是一家人，没有谁是孤单奋战。学校已经和正在花费不菲的资金做全面卫生消毒，学生们依然有权利选择留在家中。留守家里的学生们，午饭钱可以退还，但是学费不能减免。"会场里窃窃私语不断，有家长举手说，让三四岁的孩子上网课，真不是个好主意，家长不仅要全程提供技术支持，还得花更多的时间整理课后遗留的手工垃圾。

"疫情的确给我们带来很多新的问题。"校长充满同情地说道：

"有些问题让我们学习思考和改变，有些问题让我们增加沟通和尊重。最近我们听到一些有趣的说法，诸如风水和磁场之类对身体和情绪的影响。我知道这对你们有些人很重要。"校长的目光像舞台追光灯，刷地定格在了我身上。好像空中有个声音在说，安静，勇敢地上来吧！人活着，一定会遇到各种各样的告别！

端着咖啡，我走到了会场中央。

"安老师，我那天去了死亡咖啡馆。你朗诵的诗很酷！"还没等我开口，有个做摄影师的学生爸爸就兴奋地嚷起来："我有好照片，回头给你！"

是啊，死亡咖啡馆是个多酷的地方！

"有人知道咖啡是什么意思吗？我举了举手里的咖啡杯，"咖啡的词根源于希腊语的Kaweh，本意是热情和力量。和大多数人一样，我爱喝咖啡，也依赖咖啡提神，帮助活跃思维。幸运的是，我们小镇不仅有星巴克，还有死亡咖啡馆。顾名思义，死亡带着力量和热情，如同新生命的诞生。"

突然间，当年宣誓成为幼儿园老师的一幕清晰地浮现上来。"十年前，我就是站在这个位置，宣誓成为了一名幼儿园老师。从此之后，每个孩子的名字都在我的祈祷名单里。如果是男孩子，我希望教会他们正直，勇敢，有担当；如果是女孩子，我祈祷她们独立，美好和坚强。无论如何，我希望他们在长长的一生中，能够成为自己的希望。"有人鼓掌，苏的目光和我对上，马上又移开了。

"新生命诞生，带来爱和希望，这些很容易理解。"我的语气严肃起来，"但是，有生就一定有死，不管你是否喜欢。此刻，我的父亲正躺在重症病房里，我不知道是否还有机会接他回家。死亡原来离我这么近，近到我几乎看不见它，不了解它，拒绝接纳它。是的，一开始它是不可见的。甚至在很多文化里，包括中国，人们忌讳谈论死亡，因为死亡等同于毁灭、伤痛和阴暗。我经历过这种恐惧和抗拒，渐渐地明白了一件事：我是一个老师，如果我自己对死亡没有正确的认知，我怎么可以说自己了解生命呢？我如何向这些孩子们解释，什么是生命？什么是离别？什么是消失？什么是悲伤？"

有人将咖啡壶一次次传递到会场中。"在死亡咖啡馆兼职，是我接纳死亡的第一步。我有幸为这样一群人服务，他们有的人只剩下一年不到的生命，有的人正徘徊在某个难以跨越的十字路口，和你我一样，他们都是希望快乐和健康的普通人，他们正在经历生命中最神圣也最艰难的阶段。我的老板告诉我，死亡携带着能量，如果你从死亡中看到的是珍惜和爱，你就会体会到爱；如果你认为死亡是毁灭和伤害，你就被负面的情感折磨。"

我注视着台下的家长，"我非常尊重每一位对死亡的态度和观念。如果有一天一定要我在幼儿园老师和死咖中做出选择，我会希望继续留在咖啡馆。不管怎样，即使我不再是安老师了，你们也可以在死亡咖啡馆喝到我做的咖啡。" 会场里很安静，突然有个家长从后排站了起来，他举着手机说道："我不确定安老师你说的选择是否和死咖网站上最近的一则讨论有关，但是作为一个家长，我非常感谢有你这样的老师！"他环顾四周，然后对着校长大声说道："校长，我们不妨来做个小测试？希望安老师继续留在学校的，请举手！"

那个我不认识的家长带头举起了双手，然后更多的手举了起来，好像是冬夜里突然出现的一盏盏灯，照亮了我黯然的心。校长走过来，给了我一个拥抱，"亲爱的安，我为你感到骄傲！" 她轻轻拍着我的肩膀。

"谢谢你，安老师！今天的咖啡很好喝！" 另外一个家长走上来拥抱我。

"请大家到早餐台享用简餐！"校长接过麦克风大声说道："喝了安老师今天带来的咖啡，记得以后去死亡咖啡馆要多多给小费！"

会场里逐渐热闹起来，大家边吃边喝，开始三三两两地聊天。余光之处，苏正在手忙脚乱地擦拭着白衬衫上的咖啡。

苏的母亲甩开苏的手，急匆匆地把我拉到角落，小声道："安老师，都是我不好，我真的不是告状！没有想到给你惹了这么个麻烦。"她堆着笑，想抓我的手，仿佛想起了什么又缩了回去。"你能理解的，对不？你讲得都很好，只是我们老人家，真忌讳这个。"她别过脸去，空洞地干咳了几声，好像是在为下一句话寻找合适的字句。

后来，我和苏见过两次，一次是在死亡咖啡馆，他吞吞吐吐地问我，是不是真的离不开死亡咖啡馆。没有多久，安东尼转学了。

还有一次是在父亲的葬礼上。

我仍然过着平淡无奇的日子，去幼儿园上班，在死亡咖啡馆兼职。

我依旧喜欢走路穿行在两地之间，如同穿行在生命的两端，体验着生命能量的循环。

我们都是自己永远的陌生人，而死亡，我称他是陌生的老朋友。他一直都在，大多数时候，如同一个冷静的旁观者，平静地看着命运的车轮载着我走向远方，直到下一次，下一次我终将和他融为一体。

注：该作被选入《世界华人作家最佳短篇小说年选2025》。

《死亡咖啡馆》创作谈

这是我第一次写小说，实话实说不太顺利。

死亡这个主题，对我有着很持久的吸引力。尤其当我看到身边的亲人和朋友，或多或少都挣扎在对衰老和死亡的恐惧和抗拒里，我对生命的真相产生了敬畏和好奇。我个人对死亡没有答案，我喜欢在宗教、哲学、电影和现实中寻找死亡的影子。一百个人也许不一定有一百种死法，但是却有一千种关于死亡的爱恨情仇。我决定写死亡，试图表达人类对死亡与生俱来的排斥和反抗，以及死亡在文化宗教洗礼后显现在人物身上的冲突和探索。

一共写了三稿，故事情节才基本定型，而这三稿完全是三种不同的设定和故事，这让我对短篇小说的尝试变得痛苦而漫长。以前的工作中，常写人物采访，事件报道，我比较擅长的则是将一个新的产品投放在市场时，为它设计和打造一个打动人心的故事。现在，我需要将"死亡"这一古老又崭新的产品，用短篇小说的形式呈现给读者，为什么就说不好故事了呢？在老师的写作课上，我们有机会接触到很多精彩的短篇佳作，阅读让人流连忘返，拍案叫绝，但是菜鸟要模仿，却发现最艰难的是构思。哪怕是一个普通的故事，好的作者却能用简单的食材做出赏心悦目的大餐。差距太大，让我不由得地静下心来，用最笨拙的倒推理来塑造故事和人物。

 阳光挪移的声音

　　我将可以想到的有关死亡的冲突列出来，最后选择了东西文化对死亡的态度作为小说冲突的起点，人们歌颂生命的降临，回避生命的终点死亡，顺理成章地有了主人公安静的职业设定以及由此产生的一系列矛盾和变化。

　　故事没有原型，好处是可以自由发挥，坏处是对于思维逻辑不够严密的我来说，经常出现漏洞。但是反复修改和推敲的过程，对我是个有益的思维训练。在这小半年的写作中，我不断地叩问自己对死亡和生命的疑惑；写到最后，我不再觉得死亡必须是严肃的沉重的，死亡也是可以拿来吟诗作画，浅酌游戏。

　　安静是个幼儿园老师，同时在死亡咖啡馆兼职；她行走在人生的两端，一端是单纯而美好的孩子世界，一端是充满死亡意味的神秘咖啡馆。安静小心翼翼地试图接近和了解死亡，表面上是因为死亡曾经拿走她的家人和安全感，实际上是因为她在爱的缺失中长大，她把死亡看作幸福的掠夺者；她对父亲显现出来的冷漠，折射出她对为父亲养老送终有种本能的无力感。安静的成长和蜕变，是从梅姨的一次拥抱启蒙的。她停下逃跑和回避的脚步，开始与死亡对视，在陌生的咖啡客身上获得启迪。投诉事件的发生，加速了安静从旧的死亡认知上解绑，并让父女的矛盾有了转机。

　　小说里的安静，有些麻木，玩世不恭，甚至冷酷和挑剔，但是她同时也是勇敢和良善的。当安静开始接纳生命中所有的发生，包括生与死；当她停下了逃跑和敌对的心，死亡向她展现了新的能量——爱的力量。有时候我会产生要去抱一抱安静的冲动，但我更期待的，是安静将重新拥有拥抱自己，温暖自己的力量。

几次改稿中，老师指出小说的冲突不够。我希望读者可以读出舒缓平静的背后，安静内心向死而生的勇气和成长。

最后，要感谢少宏老师一次次地"威逼利诱"，感谢同学们温暖的鼓励和建议，终于成全了安静的这篇死亡对话。

阳光挪移的声音（代跋）

常少宏

登山就像一张网，捕获住他，一生都无法挣脱。

——《比山更高》

文学写作就像一张网，或迟或早地罩住了我们这些人的一生，让我们心甘情愿地被这个缪斯捕获。然后，我们一生都存在于渴望对他人或者更是对自己倾诉的欲望里，一直努力去撕破这张网，去挣脱，去超越。完成一篇篇作品，也如去攀登人生中一座又一座山峰，或者那只是他人眼里的一个个不起眼的小小山丘，但对文学写作的热爱和执着带给我们的终极喜悦，只有我们自己知道——它，富足着我们的每一天，陪伴着我们精神领域的成长，让我们内在的孤独有机会遭遇外在的世界，寻找同行者。

2019年的九月，我驱车万里开始了一场自我的精神放逐。从康乃狄克州出发，第一站到纽约曼哈顿，与当时在纽约读大二的儿子吃了一顿Sushi晚餐，聊彼此的梦想和对未来十年的憧憬。

我说我想认真重拾我从小的文学梦——我的被来美国留学、IT谋生的工作打断了二十多年的梦想。我与儿子交换了彼此最近的诗作——写给自己的抒情之作，然后，我迎着夜色一路向西开。夜宿费城、华盛顿DC、克利夫兰，一周后来到北美五大湖之一的伊利湖边，住下一周，享受湖光、秋色、落叶之殇。边开车边听书——那时在听三联中读的音频节目《苗千和你一起读科幻》——当夕阳和星月夜色向我迎面扑来的时候，我的思绪跟着神神鬼鬼和外星人飞到了太空与银河之外。那时我还在全职工作。每天四点下班后开车上路，到午夜前找旅店过夜，第二早七点到下午四点上班工作，一下班就上路。每隔一两天我会绕路去事先选好的酒吧餐馆吃饭，红酒、啤酒、花酒，都喝一杯。当听说我写小说，几乎每次都能遇到吧台上坐在身边的男男女女向我讲述他们的人生故事。那样的日子有趣极了。

两周半以后，我来到了我的文学朝圣之地——美国爱荷华大学创意写作坊，也是台湾作家聂华苓创办的国际写作营所在地。这里有City of Literature（文学之城）之名——进入大学城后遇到的每个人都会聊几句文学，人们多多少少在写诗、写着或已经自费出版过自传；几乎每个书店、图书馆每周都有数次新书发布会。

在夕阳西落的最后一抹红里，我找到了爱荷华大学创意写作坊旧址。不远处另一个大房子的露台外有一个打扮嗨皮的年轻白人女孩，坐在台阶上吸烟，随后我看到一个中年白人男性猛地刹住一辆生锈的单车，横在女孩前，露出温柔的笑。两人攀谈。不知为什么，我感觉有个性的作家就是他们那个样子。而我可能也不差——穿件青花瓷花样的蓝底白花粗布上衣，下摆是不规则的半圆形，左短右长，肥肥的白色灯笼裤在脚裸处收紧，踩一双红色布面绣花鞋——我自觉是有着中式的嗨皮打扮，所以上前自信地打招呼。当我问到附近哪里可以找到三个月的住宿的时候，女孩掐掉烟头，说她在别处找到工作，要搬家了，我可租住她的地方，并给了我房东的电话。

我在爱荷华一住就是四个月。每天在上班之余甚至午饭时间去参加各种免费的文学讲座、新书发布会、诗歌朗诵会，每个周末都有各种当地作家在家里开办的改稿讨论会（收取很少的费用）……感恩节时，我飞回康州与家人朋友一起派对，圣诞节时我又飞到佛罗里达与家人度假一周。我注册成为None-Credit Graduate Student（无学分研究生），感觉自己会在爱荷华一直住几年。到2020年一月，新冠疫情在全球爆发，我不得不注销一门已注册的春季创意写作课程，是一位颇有成就的女作家每年春天去那里开办的，她的课以详细批改学生小说作业而广受好评。

二月份回到康州家里，全球开始了对付新冠疫情的Shut Down，所有大中小学课程转到网上，使用Zoom上课。我开始了历经三年的英文创意写作课学习，每周两门课，每门课十周，每次课时三小时，开讲者是美国大学的创意专业和民间写作机构的作家老师们。每门课每周有小作业，还有两次7000字英文大作业（约相当于中文的一万字）。同学和老师课上课下口头、笔头互评，互评的标准遵循长达两页的规定，每个意见落笔处需要有建设性的修改建议——有破就必须有立。

三年之间，我修遍了我能找到的所有英文创意写作课的课目：虚构（1、2、3）、非虚构（1、2）、诗歌创作、戏剧舞台剧/TV剧目创作、科幻与魔幻、悬疑、浪漫小说、创意写作101与102、幽默写作、英文语法分级……有些科目我在不同的老师那里反复进修。

2020年九月，我开车自驾沿美国东海岸一路向南，在佛罗里达住了九个月，期间以小组聚会与上课面对面的形式进修了当地一所大学的三门创意写作课。我本来有意申请佛罗里达大学的创意写作硕士项目，但是与那里的师生深入详细地交流后，我听从了他们的意见——如果我只是想写作而不是为了转行去从事写作教学或者编辑等相关的工作，没有必要去修学位，尤其为了毕业需要去修我不感兴趣的一些与写作无关的必修课程。

2022年九月，我休假五周去周游欧洲五国，路过维也纳时，听说欧洲华文笔会召开文学创作双年会，我停留一周去旁听。会长方丽娜热情邀请我在会上发言三分钟，我于是介绍了我进修美国英文创意写作课的体会，题为《写作是可以学习的》，受到在场文友的认同。之后会长方丽娜、副会长安静在审查了我的小说作品后邀请我成为欧华笔会的加盟会员，并在协会公众号发表了我的长文《写作是可以学习的》。这次的长假游欧洲让我有了停止长达二十几年的 IT 工作专心写作的想法。

2023年初，我的长文《写作是可以学习的》突然在北美文友圈走红。先是美国西北文学社的创会会长、作家融融邀请我在Zoom讲座。我尝试为接近上百文友开了一堂"创意写作课"入门。在Zoom会上，我让大家课上写几分钟的习作，现场点评，引入创意写作的概念。大家的写作热情被调动起来，反响热烈。加州的晓霜先是转发了我的文章，又受我邀请参加了融融的Zoom讲座。会后她联系我，问有无兴趣为她和文友开办一门创意小说写作课。融融也问我愿不愿意给西北文学社开办系列讲座，他们可付费。我那时刚离职，还在适应相当于"退休生活"的失落和空虚，对未来没有规划，同时头脑中也有乱七八糟的写作冲动。疫情四年没有回国，我想我也该先回国探八十多岁老母。我没有开课的打算。

2024年初，我去阿根廷坐了所谓14天南极行游轮，但因天气与航线拥挤等原因，游轮绕了阿根廷最南端海域一圈，并没有接近南极圈。船上流感盛行，加上船舱空气里到处沉积的看不见的灰尘，我一直在咳嗽。带着极度的失望和落寂，船抵达阿根廷口岸当天早上五点钟，我随第一批赶飞机的人下船，直奔长途汽车站，坐当天下午的长途卧铺大巴进入巴西。第二天参观号称世界第三大瀑布、也是最宽的瀑布，由275个大小瀑布与急流组成，总宽度为2.7公里，比尼亚加拉瀑布宽四倍。

坐在傍晚的瀑布边，彩虹之下，手举一杯香槟酒，我打开微信，再次看到晓霜邀请我开办创意小说写作课的邀请。那时我已独自出门旅游一个多月，寂落和漂泊感让我渴望拥抱人群、寻找友情，想安定一段。我于是很爽快地答应了。此后在剩余的南美之游中，在智利圣地亚哥古城里为信仰而殉道的女行僧像前，在秘鲁神秘的马丘比丘之巅，在库斯科古城因为高原反应而恍恍惚惚地行走于五花八门的商品堆积的集市上……我的脑海里都在酝酿即将开设的小说课——从哪里开始，应该如何结构，布置什么作业才能让学员提高写作能力……

2024年三月，回纽约后不到两周，我开始为晓霜召集的八位朋友上课。我没想到，一上就是六个月，前后二十周。在那六个月里，我把每周三小时的课当成了我的全职工作，事实上，每周批改、审阅同学们的大小作业几乎占据了我全部的生活，比我过去的全职IT工作辛苦，但是充实。我常常是带着对同学们的小说的修改思路入梦，醒来记下灵光一闪的想法。我们九个人紧密配合，在我婆婆妈妈、软磨硬泡般的追赶与鼓动之下，在20周的时间里，八位同学都写了四篇（版）小说，还有课上课下写的20个周作业——我是逐字逐句提修改意见、传达分解的小说写作要素。我的点评加起来也有数万字。

　　"哒哒哒"，"哒哒哒"……阳光挪移的声音，伴随着同学们的成长，不舍昼夜。八位同学完成了自己的小说处女作，并数易其稿。每个人都在20周里写出了四篇小说（有的是大幅修改了两三篇小说）。他们都有其他全职或半职工作，业余创作能有这么频繁的高质量虚构作品输出，这是我自己从来没达到过的高产量、高质量，但八位学员都做到了。特别是反复打磨修改同一篇小说，对于初写小说的作者而言是尤其难得的。这也是小说作者得以成长和提高的必经之路。

　　让我们在这本书里遇见——他们在不同的光束里闪闪发光。尤其诗歌是心灵的歌声，我向每位同学都要了一首他们的诗。

　　1. 在浩瀚的点点繁星中，寻找那双熟悉的眼睛

　　　——不断寻求走出"城堡"的晓霜

　　　穿越时空的隧道

　　　与你再次相遇

　　　仿佛我在这里

　　　已经等你多时

　　　……

　　　此刻你在远方

　　　如同夜空寂静无声

　　　我望着空中的繁星

寻找着你的眼睛

——晓霜的诗

晓霜是一个很真诚的人，有着丰富的情感世界。当你走近她，她并不忌讳谈及她心中的诗和远方。在别人看来，她家庭幸福，事业有成，儿女双双名校毕业，但是她从不以此炫耀自己，她似乎总在不断学习和成长中。她的脸上没有任何岁月的沧桑痕迹，她的眼睛明亮、坦诚、清澈。

晓霜是一个能"成事的人"。

晓霜在2023年底敏锐地看到我发在《欧洲华文笔会》公众号上的文章——《写作是可以学习的》，她赞同我的文学理念，要求在她的个人公众号《相约晓霜》上转载；后她又问我要不要开设一门小说创意写作课。我感觉自己作品不多，应该集中精力放在自己的创作上。一年后，完全是在晓霜的热情感染之下，非常感性而且没有计划、经常做事不计后果的我，决定开设一期创意写作小说课，晓霜很快就召集了八位她的文友。所以我说：晓霜是一个能成事的人，这种能力让非常害怕被拒绝的不敢主动 reach out 的我望尘莫及。

晓霜的父母曾是中国派驻欧洲的外交官。在她小的时候，父母下干校、后常驻欧洲，她是在爷爷奶奶和外公姨妈家"走门串户"中成长起来的，有这种经历的孩子有些就内向了，甚至会有感觉寄人篱下被抛弃被忽视了的负面情绪积累，但是晓霜成长为一个豁达开朗、积极向外、乐于给予、讨人喜欢的样子。她走到哪里都是自来熟，从小就是班干部，这形成了她后来在自己的各个方面都能够主动沟通、善解人意的个性。

可以说，没有晓霜的热心组织和领导就没有我这门创意写作课，所以我很自然地请晓霜做班长，帮我在课上课下协调。晓霜也是第一个交上大作业的同学。

晓霜的写作有着坚实的基础。她在二十多年前就在国内文学杂志和报纸发表过散文，后出版过散文集《痕记》。她还出版过育儿随笔《孩子，我该怎么爱你》。晓霜的写作逻辑清晰、行文流畅、内容真诚。在20周的创意小说写作课上，晓霜不但写出了小说处女作，反复打磨，而且成功转型——跳出了散文随笔随意性的概述、主观抒情，包括她作为律师的职业文书面面俱到、事无巨细的写作习惯甚至是思维定式，现在她的小说作品更注重描述、立意，通过心理活动塑造人物形象。她努力在留白和虚构上下功夫。

晓霜是美国名牌大学毕业的法学博士，后在美国从事多年法律工作，她希望可以把她工作与生活中积累的那些鲜活的东西写入她的小说。

未来可期。

2. 随风、随云、随意识流动

——以辽阔的目光看穿生命的雨侬

仁和寺的花海啊～

你是温柔的呢喃，

你是春日的守望，

是一步一轮回的爱情，

是回首过往

抹不去的一片春殇～

……

三千院咫尺，

谁的前尘往事

如牧笛般悠扬歌唱？

——雨侬的诗

不知道我的感觉对不对，雨侬是一个喜欢以作品说话不太热衷于谈论自己的人。这完全是出于她的为人谦逊，她说"我其实不是刻意回避个人生活，大概是觉得个人生活没有什么特别之处吧。"其实，雨侬是一个非常有共情能力、有着丰富的经历和感知的人。

对于两类作者，我特意去问了当下时髦的AI ——ChatGTP。

我问：如何评论有的小说家不愿意谈论自己的生活，希望让读者更关注自己的作品；而有的小说家喜欢说自己的生活和过往，以此吸引读者去看自己的小说？

ChatGPT 答：这两种创作态度反映了作家对自我、作品与读者关系的不同理解。

不愿谈论个人生活的小说家，往往希望作品独立存在，让读者专注于文本本身，而非作家的个人经历。他们认为，作品的价值应该来自于其艺术性、思想性或叙事魅力，而非作家的身份或故事。比如，卡夫卡生前极力要求朋友焚毁自己的未发表作品，他希望作品能超越个人经验，成为独立的文学存在。

另一方面，喜欢谈论自己生活的小说家，可能认为个人经历是创作灵感的重要来源，分享这些故事能让读者更好地理解作品的背景与情感。他们或许也意识到，现代读者对作家的身份、经历充满兴趣，这种分享有助于建立更紧密的读者群体。例如，村上春树时常在随笔或访谈中谈及自己的写作习惯、跑步经历甚至日常生活，这种亲切的沟通方式反而让读者更愿意去探索他的小说世界。

即使在八人小说集的作者简介里，雨侬也是把自己"藏"得很深，她只简单地提到自己是南京人，毕业于语言文学专业，做过媒体人。

在小说课结业后，有一次我们谈起被一本海外小说选收录的小说，雨侬轻描淡写地提起她在西藏生活过不短的时间，与当地藏传佛教的僧侣们有过不浅的接触。我非常吃惊，没有露骨地去追问不休，因为我不想去为了个人猎奇的心态去触碰雨侬的过往，但是这样的经历似乎让我几乎是"马后炮"一样地突然理解了为什么雨侬的四篇课题大作业都是写的死亡为主题的内容。她对生死有着非常通达、彻透的感悟，甚至我感觉她几乎是把死亡/死后的魂灵作为她的来自于另一个世界的朋友，死亡成为她坦然对待的话题。

读了雨侬的小说，让我从新从书架深处翻出藏传佛教宁玛派的上师索甲仁波切写的《西藏生死书》——曾经在我无法从丧父的悲痛中走出的几年里，我反复读过这本书。西藏也是我从大学时候就向往的地方，但是那时我是没有勇气去冒险的，而今作为美籍华人身份就更不方便去西藏了。我不知道雨侬的人生过往里有怎样的与死亡交织的深刻经历，让她的小说作品里反映出对死亡话题那么通透的哲学思考。

雨侬的小说有着很深的意识流倾向，而且词汇丰富，思想性强，文风通灵，她随便怎么写都是小说的元素和文风，我想这应该与她的大学语言文学专业素养有关。她在创作小说的时候，也许是思绪飞扬、一气呵成的感觉，所以她在每次改写小说的时候都是大改特改，几乎是把情节与人物推倒重建，特别是她的最后一篇小说，三次改写呈现了三个不同的故事情节和人物脉络。但是越读雨侬的小说，越觉得她是一个有着多么迷人、深刻、有趣的灵魂的人。

在二十周的小说课上雨侬提交的四篇一万字的小说里，她对于生死话题的探讨是如此动人心魄。读着它，不止是读一篇虚构的小说，它会启发和提升读者对死亡的看法，不再畏惧。

雨侬的小说的氛围经营得非常好，虚实结合尤其把握得好。她语言功底好，又兼具深刻的思想，这样的具有先锋派的非常原创性的小说不好写，表现了很深的笔力和表达的功夫。当雨侬把思考落在具体的地点、人物和故事中去创作小说的时候，她克服了最初小说创作中逻辑弱、结构散的问题。

雨侬无疑是有创作小说的天赋的作者，如果她能坚持写下去，会是在海外小说创作里崛起的一员大将。

3. 亲吻那些枯萎的日子
——创意魔法师杨雷

那些过去的日子都已枯萎

那些被蜜蜂亲吻过

被蝴蝶依恋过的日子

一点点退却

像一次次溃败的进攻

……

很多都很相似

虽然他们努力以不同的语言描述

……

你走在橄榄山上

从没回头

阳光一直照在明天的路上

——杨雷的诗

杨雷出现在我的小说课的zoom视屏里，有一边的刘海是红色，时尚，美好，脱俗。她脸上一直挂着温暖的微笑，身后的背景是非常现代派的大客厅/抽象画面——我不知道是否真景，但那个样子非常契合她的品牌设计师的身份。

杨雷的诗在海外的媒体颇有名气，她的浪漫气息也感染着加州湾区她所在的文友圈。她在巴黎碰到一位大提琴演奏家，那琴声让她感动不已，于是她说：我要邀请你到美国加州来表演。于是她真的就策划了一场音乐会。她身着优雅的晚礼服盛装登台主持。那一晚，杨雷光彩照人的剧照让所有人折服。她带给社区的氛围是一种非常高级的浪漫。

我一直认为，好的小说——尤其短篇小说——一定要有好的语言。有的文友写了许多年小说，多过不了语言关。而锤炼小说语言最好的途径就是去写诗。当写诗出身的杨雷决定写小说的时候，她的语言到处都是张力十足的充满比喻和象征的妙笔。

一些原生态的没有雕琢过的好语言自然地流淌在杨雷提交的小说作业里，这些对别人可能需要刻意去打磨的对语言的感觉，在杨雷那里显得如此自然、流畅，可以信手拈来。

杨雷小说的另外一个亮点是她对于小说结构的新颖设计，她一直都在创新，还有她对意象的运用有着天然的感知和领悟。短篇小说中结构和意象的设计是许多写了不少年头小说的作者依然欠缺甚至毫无意识的，而这两个概念又是影响短篇小说文学性、区别小说与故事会的重要节点。这是杨雷这个学识、经验与生活阅历贯穿中西的设计师艺术家身上天然浑成的特质，她提交的四篇小说习作都不是从过去到现在的平铺直叙的老老实实的线性结构，她一直追求结构和手法上的创新与异质。

因为杨雷在语言和结构上具有天然的创新天赋和她独有的创造性思维，所以在读到她收入小说集里的十易其稿的《成吉思汗的腰带》时，我在为小说的惊艳度、完成度之高而赞叹的同时，也觉得这样的成就是顺理成章的。

杨雷与我探讨了关于"扁平人物"与"圆形人物"的区别问题，我们聊到，比如《水浒传》里的人物是"扁平人物"—— 脸谱化、类型化，个性单一，外在形象突出，缺乏复杂的内心描写；而《红楼梦》里的人物多是"圆形人物"——心理描写丰富，人物性格矛盾、复杂，富有成长与变化，人物不只是简单的非"好"既"坏"，而是有血有肉、充满真实人性，展现出人物命运的悲剧感。杨雷最后的成稿《成吉思汗的腰带》成功地刻画了扎木合、铁木真和妻子孛儿帖的形象，以两条腰带的颜色与交换寓意两只雄鹰宿命般的命运交替。

如果杨雷有时间坚持小说创作，我相信她能走得很远，成为非常有创意的小说家。

4."永生之地"不永生

——痴迷地创造自己世界的祁卫

树的绿色

模糊而亲近

眼睛嗅到了空气的湿润

和我一起

大口呼吸

迎面的人

……

依旧

不打招呼

我醒着的世界

……

眯着眼睛

……

眼镜睡在眼镜店里

——祁卫的诗

祁卫的诗充分表现了他对语言的掌控能力，而且充满想象力。当他把这样的感觉用于小说创作的时候，展现了非常大的可提升空间。

外星人在远古时代（6—7万年前）为地球人植入了发展基因——让人类不断地在科技领域发明创造，直到发明了"永生世界"——从"脑机接口"的最初阶段到让人类争先恐后抛弃肉身，进入只剩下大脑运转的"永生"（长生不老不死），通过一种机制把所有人脑的算力连接、集中在一起，然后外星人通过操纵"永生世界"就可以控制所有"人脑的算力"，智能对外星人来说是一种重要的资源——这是祁卫在他提交的第三篇小说习作《永生之地》里创造的世界，奇异大胆，又充满逻辑性，甚至令人细思极恐。

祁卫在二十周的小说课上提交了四篇内容完全不同的小说，他的作品完成度都极高，文笔流畅，情节通顺，连错别字都极少，甚至几乎没有任何标点符号问题。作为理工男，写小说时间也不长，他把自己作品的文笔的娴熟归功于因为"妈妈是语文老师"，他从小就喜欢阅读文学作品；还有他曾经参加过其他的写作课，他在反复打磨自己的作品。

祁卫在清华大学计算机本科毕业后又在清华读了博士，但从他后来横贯中美数度创业成功看，他不止读书是个学霸，在职场也是一个成功的开拓者、创造者。正如他在创作谈里所言：写小说是让他在工作之外非常痴迷的事情，在那里，他"体会到了创造自己世界的乐趣，而在这个世界中自己是自由的。"

祁卫的小说文风不装不拽，有着行云流水般的叙事风格，而又不失文采，比喻、象征，甚至我们在第二期后半部分讲到的小说意象的融入，在祁卫的笔下都是让人感觉非常自然地流出于他的笔端。

我曾经建议祁卫，作为海外作者，国内许多期刊有"海外小说""海外文学"栏目，为了发表，能不能加一些海外元素？比如给男主安一个海归身份？但是他只想写他自己想写的，以他自己的方式，这是纯粹的写作者。这样的坚持令人尊敬。

如今祁卫依然在中美之间来往，一面经营自己的创业事业，一面创造自己的世界——写小说。从他的朋友圈不时放出的食物照片，我们猜想他又到了哪个国度，明天他可能喝什么、吃什么，是湾区的卡布奇诺，还是北京小时候的青椒、土豆、五花肉皮三丁？或者是日料生鱼片？所有的经历、阅历都会有助于小说创作，祁卫会不会把它们都写入他未来的小说里？

期待祁卫写出新作品。

5. 展痛苦之翼，刺透最灰暗的云层

　　——在阳光豁达之处笑看人生诙谐的木工

《痛苦之翼》

每一道泪痕皆铭刻成诗，

每一声呐喊唤醒沉睡的意志。

哦，痛苦，你这无情的导师，

却以灰烬催生凤凰振翅高飞的宏奏。

当希望的曙光穿透阴霾，

如金色的弦月悬挂苍白。

于是我行过，地狱与寒冬，

痛苦便是通往永恒之门的桥栏。

——以泪为墨，以血为歌，

痛苦即蜕变，苦难生光辉。

　　——木工请ChatGPT作的诗，指令是：写一首关于痛苦是蜕变的重要途径的诗歌，用拜伦的风格。

木工是北京大学中文系本科毕业的高材生，从小做着作家梦。

她为人低调、内敛、谦逊，看上去自由自在，完全不用力去竞争什么，但实际上她极其认真地担负着事业、家庭和孩子教育与成长的一切人生责任。她极具行动力、执行力，想做就做、说干就干，而且无论干什么都尽力——包括现在的小说写作。

在为期二十周的小说课上，好几次周末木工都会飞去夏威夷度假，说走就走。有一次她从夏威夷发给我三只大海龟刚刚从海里爬上沙滩的照片，她不加任何感慨和议论，但是让我体会到了人与人之间最深切的真正的交流的实质意义，让我更加理解她内心的追求。

木工的小说素材都非常丰富，许多看点，尤其华人在硅谷的机遇、变迁，房市机会的把握，等等，都是吸引读者的点。而且她也有效地掌握了小说的元素：对话、场景转化，人物心理等等。

在我们小说课的第二期十周里，木工的小说《好猫老虎》——后来改名为《边界》——无论是在语言、结构和主题的把握上都有了飞速进步，尤其难能可贵的是她小说的腔调透着诙谐、调侃和对生活日常的豁达心态。小说把人写得悲悲切切不难，但是写出喜感的笔调里藏着深刻太不容易。

小说《边界》巧妙地以一个晚上的时间线和几个房子的空间线结构全文，写了一个傍晚华人移民珍妮带着自己家的猫在美国中产社区散步，与两家邻居对话，穿插着珍妮的心理活动和回忆，写出了移民与当地住户的文化差异导致的生活上的冲突，还涉及了华人移民对于二代教育、学区捐款等方面的入乡随俗的心理路程。

集家庭、事业于一体、处处出彩的木工平时非常忙，她时不时飞去夏威夷度假有为了减压的成分，也许那里还有她事业的版图。她能在百忙中挤出时间写出《边界》这么好的小说，她说这是圆了自己小时候的一个文学梦。

我问木工是如何想到《边界》这个题目的？她说她一直思考自己小说的主题是什么？想表达什么？想了一个月，又参考了一些心理学的理论（木工在业余去学习，拿到了心理学硕士学位）。她的一位大学同学，现在香港科技大学中文系当教授，看了她的《边界》，说无论是立意、故事还是细节都写得很好，对她给予了极大的鼓励。

人说诗是心灵的歌唱，木工在她的题头诗里请ChatGPT"以痛苦为题作诗"，我相信她是有着自己在生活中内心的深刻体验，但是她表现在小说里的是轻松和幽默的色彩。因为她的深刻体悟，才能达到《边界》里这么豁达的境界。如果木工以后能坚持继续写作，一定会有更多惊喜呈现给世界。

6. 我所有的诗都是写给你的

——文采飞扬才华横溢的李冬秀

亲爱的 这首诗仍然会

在某天 出现在你的地板中央

你弯腰去捡的瞬间

这首诗将满足地喔一声

散发出熟透了的果香

就这样

我所有的诗都是写给你的

——李冬秀的诗

李冬秀是一位真正的诗人。《我所有的诗都是写给你的》——多么深情、动人。寥寥几句，让我读了就有几乎泪目的感觉。有位在美国把小说写得有口皆碑的文友曾经评价："冬秀的语言之美几乎是海外文友圈难得一见的。"直到冬秀来修我的小说课，看到她提交的作业，我也才真切地领会到了——中文文字之美在李冬秀的笔下仿佛信手拈来，那么绝美的词句都在她的心灵里，得来全不费功夫。

我一直认为好的小说必须要有精心雕琢打磨的语言，许多写了很多年的人语言都不过关。语言的积累不是短期的功夫，需要大量的阅读和写作积累，当然还有个人先天对世界的感知能力，还能流淌在笔下，表达于纸端。无疑，冬秀是有语言功底和天赋的人。看到冬秀的文字，我总忍不住想：这样的写作者不写小说该是多么可惜啊。可是她总是太忙了。当我后来知道冬秀是北京大学中文系科班出身时，似乎一切就都有了顺理成章的答案。

冬秀在Zoom视频课里的形象端庄而亲和，性情也可人。温柔，随和，温暖，讨人喜欢，善解人意。但不要被表象误导，冬秀在工作上可是一个雷厉风行的人。当我看到她朋友圈里在海边端着红酒杯秀发迎风飘扬的样子，还有她在印度出差和分公司少壮主管们去当地酒吧品酒的画面，令人实在是佩服她的人生高度——职场得意，业余作得好诗，撰文能写科幻小说，隔三差五满世界飞——她的人生有着无限的令人艳羡和憧憬的可能性。

冬秀在二十周的小说课上提交了两篇小说，每篇都有第二稿，最后一篇收入这个小说集，她改了不下十稿。小说一如既往的语言优美，诗情画意跃然纸上。许多人说小说语言好就成功了一大半，这是冬秀最大的优势。而且冬秀的想象力丰富，构思出人意料，软科幻的逻辑也丝丝相扣。小说不但行文流畅，而且在许多地方的线索和伏笔埋得也漂亮。

冬秀的工作依然很忙，她还有一双美丽的已经成年的儿女，分别在美国不同的城市读书、工作，她经常会飞来飞去看孩子，同时飞去世界各地出差，一旦她有时间坐下来，就会去写，这是她作为北大中文系毕业生心中从来没有熄灭过的文学梦。我相信，无论她写什么，只要坚持写，她会写出惊天之作，因为她是如此的才华出众，思维不受约束，能构思故事Out of the Box （跳出固有方式）。

期待李冬秀在她多姿多彩的现有生活之上，写出更多异质的

令人惊艳的小说，不辜负她自己如此迷人的文学天赋，和生命中
与文学的这场命中注定的无法逃离的邀约。

7. 同窗少年，一语破天荒
——拨动阳光，让灵魂歌唱的丁子

枫叶银杏菊又香，

不经意，天已凉。

细雨淅沥、绿草复斜阳。

浓日夕下几回时，

闲情逸，自思量。

静夜秋风荡叶忙。

京城里，探师长。

同窗少年，一语破天荒。

微信传鸿犹未畅，

翘聚首，醉岛上。

——丁子的词

本科物理学专业并且一直在理工领域工作的丁子，内心却是
诗意盎然。此文之首的词就是丁子填的"江城子"，格律讲究，即
使文科毕业生也不一定懂得如何填古诗词。

丁子还非常喜欢看电影，她写的影评在简书平台发表后，阅

读量上万。比如她写过一篇评论介绍中国第一部黑白片电影《小城之春》（1948年，导演费穆），她写道："……影片中的场景和对话处处彰显了中国文化的含蓄和内敛，以及导演费穆人文唯美的底蕴。像千万家庭一样，朋友来了，朋友走了，为何不留？小妹长大了，要出去上大学了，也快要嫁人了，日子变了，日子过得有希望起来。还会一天一天地接着过下去，对吧？整个片子画面清晰流畅，寓意笔笔皆是。呈现出某种对将临未临的大时代、大变迁的清醒与恐惧，显露为某种不甚自觉的、试图超越内心世界与面对外面世界冲突的无效尝试，也像是对男性绝望的自嘲与女性自知无望的希冀……"

有着如此情怀和情调的丁子，写起小说来自然能同样如行云流水，自在天成。

丁子提交的两版小说《与君共舞》克服了过去几乎所有的问题。她甚至在反复的修改中尝试了不同的视角——"第一人称外围"视角，"我"作为男主汉斯的同学、17年老友；后来丁子尝试了第三人称上帝视角，最后的版本写回现在的"第一人称外围"视角——这是丁子认为最适合的选择。她对小说做了多次改写，最后呈现的收入他们八人小说集的版本，题目改为《汉斯和曼迪》。作为丁子创作的第二篇小说，她已经娴熟地运用视角转换、有意识地切入意象的小说手法，力图跳出生活中的原型人物，把汉斯这个典型的美国上中产阶级家庭出身的白人男子与曼迪这个一直想通过

"钓个金龟婿"而实现跨越阶层的移民家庭出身的女孩写得立体鲜明，有血有肉，摆脱了小说初学者容易犯的毛病——写成扁平人物，"非黑即白"。

我给丁子写了两千多字的具体的修改意见，从词句到结构到视角分析，同学们也都从人设与故事逻辑等角度给予了大量的反馈意见。丁子的工作和生活都很忙，但是她被我们这个创作集体、这个小说课的氛围深深感染，她说她必须好好改写这篇小说。我不知道她最后改了多少稿，现在呈现出来的小说立意深刻，触及了美国当下移民问题背后的许多无奈、挣扎，还有与主流白人社会的典型冲突。这是一篇主题敏感但是有典型意义的小说。丁子不想为了发表而刻意改变自己创作的初衷，所幸《阳光移挪的声音》这本八人小说集的面世能够让读者看到丁子的呕心之作，这也是她对自己的老朋友——一个原型人物的最深切的哀悼与纪念。

作为理工科学霸出身的丁子，写起小说来，她的认真和严谨让我印象深刻。从最后的成稿，可以看出丁子在这篇小说背后下了多少功夫。有着对写作的这样的执着，加之本身自带的文理相通的修养，如果丁子继续坚持写小说，相信她会写出更多更好的作品。

8.总是能弹出人生最美的新华章
　　——走出前世而怒放的阿朵

半生代码织成网，

晨昏敲尽旧时光。

夜夜心思系四仔，

青丝霜染已沧桑。

今朝悠坐书香里，

一字一梦绘琳琅。

琴键微响风自过，

水波轻漾日初长。

不问过往多匆促，

愿将余生细细尝。

世事如云皆看淡，

且弹且书写华章。

——阿朵的诗：《六十新章》

　　阿朵在来参加我的创意小说课之前已经出版了两本育儿随笔，是加州非常活跃的文友。她有四个儿子，各个优秀，她的能力和能量我是早有耳闻的。但是阿朵的勤奋与执行力不但表现在她的生活和工作的方方面面，同样当阿朵把这股劲头用在小说创作的时候，她的爆发力更是势不可挡。

　　阿朵提交的第一篇小说是基于有原型的经历，写一个小地方考入北京读大学的女孩，分配回到家乡的县城，因为无权无势，被地方部门踢来踢去，最后落到技工学校教书。初稿是行文流利的随笔散文体，年代跨度大，基本是回忆性质。在第一次的课堂点评后，阿朵感觉"自己不适合写小说"。我刻意花了时间和心思在课上课下搞心理建设，鼓励阿朵和每一位同学，同时再次强调互评的基调是在点出哪里不好的同时，还需要提出应该怎么改才能更好？在阿朵后来的每周作业里，我小心翼翼地赞美和鼓励阿朵的每一篇写作，她确实是非常有灵性又勤奋的写作者。

　　阿朵很痛快地采用了我和大家建议的结构设计，最主要的是加入了海外小说元素，抛弃枝蔓，集中写职场与和解。后来收入这本小说集的《海伦的爆米花》感动了许多从那个年代走出来的人。其中不但有中国旧日官场的勾心斗角，还有在美国大公司裁员利益面前的人性冲突。如果说有什么未来能改进的，那么就是无论散文还是小说，特别是有原型的作品，作者出于对原型人物的热爱，通常容易把主人公写得过于完美。这篇小说里的海伦，在海外成为公司部门负责人后，挣扎与报复和放手之间，最后选择回归亲情，自己辞职，也解决了裁掉"仇人"的女儿的难题。这样的大爱，至少铺垫不足，比如首先需要背后的强大的经济支持，或者已经有了接下来可能有另一份工作。但是瑕不掩瑜，这篇小说很快就被《世界日报》发表了。

阿朵从第一篇小说的写实到后来两篇小说充满想象力地成功地运用留白和写虚，真是悟性太好了！

我曾经在阿朵的微信朋友圈看过阿朵学习画画，弹钢琴，游泳。如今她的小说创作也是高歌猛进。这样的阿朵，一定会在未来带给我们更多的惊喜。

（2025年3月完稿于樟木头作家村）